DISCARD

Canción de Rachel

Miguel Barnet
Canción de Rachel

Presentación de Italo Calvino

LIBROS DEL Asteroide

Publicado por Libros del Asteroide S.L.U.
Avió Plus Ultra, 23
08017 Barcelona
España
www.librosdelasteroide.com

ISBN: 978-84-92663-51-4
Depósito legal: B. 22.534-2011
Impreso por Reinbook S.L.
Impreso en España - Printed in Spain
Diseño de colección y cubierta: Enric Jardí

Este libro ha sido impreso con un papel ahuesado,
neutro y satinado de ochenta gramos, procedente de bosques
correctamente gestionados y con celulosa 100 % libre de cloro, y ha sido
compaginado con la tipografía Sabon en cuerpo 11.

A los ojos del recuerdo,
qué pequeño es el mundo.

BAUDELAIRE

Índice

Presentación*

El lector que recuerde *Biografía de un cimarrón*, el hermoso libro de memorias del viejo negro cubano que rememora los años de esclavitud y de aventuras en que se echó al monte como cimarrón, hallará en este nuevo texto de Miguel Barnet la otra cara de la Cuba de antaño: la de la Habana nocturna, capital de la *dolce vita* tropical. Estamos ante las memorias de una coetánea del esclavo huido: una bailarina de rumba, diva del teatro de variedades, del circo y del vodevil en los años diez y comienzos de los veinte del pasado siglo; mujer de llamativa belleza y temperamento fuerte, decidida a explotar sus atributos naturales para abrirse camino en un mundo sin escrúpulos. Miguel Barnet, también poeta, resulta insuperable en el arte de restituir la vivacidad del relato oral de un personaje que carga con todo un mundo de experiencias perdidas. El libro en cuestión se articula mediante una técnica de montaje más elaborada que la urdida por el esclavo, pero no menos directa y sugestiva: los fragmentos grabados de la voz de la vieja

* Texto publicado por primera vez en la edición italiana de Einaudi en 1972.

vamp se alternan con testimonios de otros supervivientes de aquel mundo, que vierten a menudo, sobre determinados episodios o ambientes, opiniones diversas u opuestas. Un collage que se completa con recortes de periódico, fragmentos de canciones y de guiones escénicos. De este modo, la revuelta de los negros de 1912 aparece retratada tanto de la parte de los blancos aterrados —como nuestra Rachel—, como de la de los revoltosos.

Esta evocación de la áspera lucha por la vida en los alegres escenarios del Tívoli o del Alhambra (en los que Rachel inició su carrera como bailarina a los trece años), de la prostitución (en cuyos márgenes vive la protagonista, aunque preservando su autonomía, hasta que se retira de escena para gestionar una casa de citas), y de la criminalidad (entre asesinatos varios, asistimos también a los espléndidos funerales de un afamado explotador), cuaja gracias a su falta absoluta de santurronería y de moralina, y a un estilo marcado por la cruda naturalidad y una risueña picaresca.

ITALO CALVINO

Canción de Rachel

Las confesiones de Rachel, su azarosa vida durante los rutilantes años de la *belle époque* cubana, las conversaciones en los cafés, en las calles, han hecho posible este libro que refleja la atmósfera de frustración de la vida republicana. Rachel fue un testigo sui géneris. Ella representa su época. Es un poco la síntesis de todas las coristas que conoció el ya desaparecido Teatro Alhambra, verdadero filtro del quehacer social y político del país. Otros personajes que aparecen en este libro, complementando el monólogo central, son generalmente hombres de teatro, escritores, libretistas y los inevitables de la tramoya. *Canción de Rachel* habla de ella, de su vida, tal y como ella me la contó y tal como yo luego se la conté a ella.

MIGUEL BARNET

1

Esta isla es algo muy grande. Aquí han ocurrido las cosas más extrañas y las más trágicas. Y siempre será así. La tierra, como los seres humanos, tiene su destino. Y el de Cuba es un destino misterioso. Yo no soy bruja, ni gitana, ni cartomántica, ni nada de eso; no sé leer la mano como es debido, pero siempre me he dicho que el que nace en este pedazo de tierra trae su misión, para bien o para mal. Aquí no pasa como en otros países que nacen gentes por toneladas y todos son iguales, se comportan igual, y viven y mueren en el anonimato. No. El que nace en Cuba tiene su estrella asegurada, o su cruz, porque también existe el que viene a darse cabezazos.

Ahora, lo que se llama el media tinta, el que no es ni una cosa ni la otra, el tontucio, ese aquí no se da.

Esta isla está predestinada para que se cumplan en ella los mandatos divinos. Por eso yo siempre la he mirado con respeto. He tratado de vivir en ella lo mejor posible, cuidándome de ella y manteniéndome yo como centro. Para eso lo mejor que hay es trabajar, entretenerse en hacer algo y no darle mucha rienda suelta al cerebro porque es peor. Cuba es mi patria. Aquí nací y me hice mujer y artista. Y aquí es donde quiero morirme, porque si en algún lugar quisiera que me sepultaran es en este rincón. He visto otros países muy bellos, muy modernos, muy gentiles; pueblos de gran cordialidad, pero como el calor de mi patria, nada. Y eso que soy de origen europeo. Mi madre era húngara y mi padre, alemán. Ella húngara y él alemán. Ella bajita y pecosa, muy jaranera. Una mujercita de temple. Mi padre no sé. Lo vi, lo veía cada vez que mamá me enseñaba la fotografía. Parecía buen mozo. Al menos en aquel retrato.

—Era alemán, niña —me decía mamá—. Tú has sacado de él esa cabecita dura.

Mi madre me inculcó una buena educación. Y sobre todo mucho amor al prójimo. Ella tenía esa genuina tendencia a convencer, y convencía. Mamá amaba a la humanidad. Hablaba bien de todo el mundo para que la respetaran. Y no se comprometía con nadie. Ni con los maridos. Al contrario, rehusaba el matrimonio. Para ella yo era su razón, el primer y único objeto de su vida.

A casa subían los amigos de mamá y yo «buenas, qué tal» y nada más, porque en cuanto llegaba uno, la niña para el cuarto, a jugar, y cuidadito si sacaba un filo de nariz.

Mamá sabía ser una mujer recta y dulce a la vez. No había Dios que la desobedeciera. La misma criada le tenía miedo. Una criada que más que una criada era una amiga, una compañera, y sin embargo todo era: «Diga, señora», «Señora, por favor», «Con el permiso de la señora», «Si la señora lo desea», y así, de modo que yo que era su hija, sangre suya, tenía que vivir aterrada a pesar de que mamá era mi único amor, lo único que yo tenía en el mundo.

A veces yo soñaba que mamá venía con una colcha y me abrigaba y nos dormíamos las dos. Me sentía feliz en ese sueño. Otras veces mamá se hinchaba en la cama y yo me caía al suelo, ¡cataplum!, y ahí me despertaba y no pasaba nada porque yo dormía sola, solita. La costumbre de dormir siempre con una lucecita viene de esos años. Y el diablo son las cosas, porque vieja como estoy, serena y madura, y no me la he podido quitar.

Mamá lo hizo todo por mí. Sacrificó su vida por hacerme una carrera decente y lo logró.

Yo vivo en el callejón. Lo que sé de Rachel es lo que hubo entre ella y yo, y eso es personal.

Mejor entramos otro día en ese terreno. Hoy no, ella está enferma ahora con la gripe, déjenla, total ya eso no da más. Ella murió con el teatro, se quedó atrás, y de lo actual no tiene nada que decir.

Déjenla que siga en su parnaso, si la sacan de ahí, entonces sí que no hay Rachel.

Mañana yo le adelanto algo de todas maneras. Vamos a ver qué me responde. Ella a mí me hace caso. Fuimos marido y mujer y ahora toca la casualidad de que vivo a dos pasos de su casa.

Después de treinta y cinco años sin verla. ¡La vida es así!

Hay personas que venimos ya con ese magnetismo al mundo. Yo creo que lo que el destino le depara a uno siempre se cumple.

Eso le decía yo a ella el otro día: «Muchacha, que tú y yo estamos como dice la canción: "en una misma celda, prisioneros"».

Mamá no era lo que se llama una guaricandilla, una refistolera.

El que hable así está en un error. Mi madre tuvo su vida, la vivió a su manera, hizo con su cuerpo lo que le vino en ganas: maromas para sobrevivir y mucho pecho. Esa fue mi madre.

A decir verdad, yo quejas de ella no tengo. Parece que mi luz natural me la hizo comprender en todos sus pormenores. Ella sabía que yo, ya de jovencita, me lo olía todo, pero nunca me habló a las claras. Siempre fue escurridiza en ese aspecto. Se me iba por los contenes. Y yo como era una bicha ya, me callaba. A quién mejor que a mi madre le iba a guardar sus cosas, sus secretos. Todo lo que yo pueda decir de mi madre es poco. No porque esté debajo de la tierra y haya que hacerle devoción, no, sino porque conmigo fue una santa, vivió entregada a mis caprichos, a mis majaderías. Yo pedía pajarito volando y ahí iba mi madre y me traía pajarito volando.

Hablar de ella me da tristeza pero me despeja. Cuando uno quiere así, es bueno hablar de esa persona constantemente porque el amor crece.

A mí hay días en que me da por hablar de mi madre y soy una cuerda sin fin.

Luego me paso días sin recordarla. Por la noche es cuando más pienso en ella. Por la noche, que Ofelia se va y yo me tiro en la cama con esos almohadones blancos.

Ofelia es una gran compañera, me cuida, me soporta lo que nadie, pero no es lo mismo que una madre. Para mamá yo siempre era la ñoña, la distraída, la cosita.

Estoy sola, sí, sola. Pero no soy una mujer que se

ahoga en un vaso de agua. Tampoco soy histérica. Dramática mucho menos. La palabra desgraciada yo no me la aplico nunca. Yo soy una melancólica triste.

❊

Oigan eso. Qué se habrá creído esa mujer. Si la dejan, si la dejan...

Ella no nació en ninguna cuna de oro, ni ese es el camino. Bien pobre que se crió, con muchos retorcijones de la madre y mucha hambre. Lo sé yo que conozco esa familia. Siempre ha sido muy engreída. Uno pasa y la ve emperifollada y todo, pero de ahí a que sea de cuna, va un trecho.

Rachel nació en un barrió que mejor es no decir su nombre. Puñaladas, depravación, robo.

Bastante pura salió.

Nunca fue otra cosa que una rumbera. Lo único que sabía era menearse.

Estuvo meneándose toda su vida. Es ignorante, desenfrenada, frívola.

Una mujer frívola y nada más. No me gusta hablar de ella, no.

❊

Lo más lindo que hay es mirar atrás con alegría. Verse una como en una película: de niña juguetona, sentadita en una butaca, tecleando un piano... Eso me encanta.

Fuimos lo que se da en llamar clase media. Ni ricos ni pobres.

La Habana empezaba a tomar vuelo, a convertirse en una ciudad de adelantos que causaban verdadera admiración. El tranvía eléctrico fue uno de los grandes sucesos. La gente se paraba en la calle, yo de niña, y miraban con los ojos abiertos, se idiotizaban viéndolo correr movido por la electricidad.

Después de su miedito en montarse, al principio, ya lo cogían todos los días y hasta por gusto.

Lo que yo conozco bien es esa parte de San Isidro, el barrio de la Estación Terminal de Trenes, la muralla de La Habana. Esa es La Habana de mi niñez: muy bonita y muy alegre.

Vivimos en una casa de inquilinato, en una habitación un poco apretada pero con buena ventilación. Mamá no era amiga de mudarse como los gitanos. Ella prefería la permanencia en un lugar. Mudarse es cambiar de ambiente y eso significaba para ella un trastorno, porque como éramos solas y ella era una extranjera con todo y su cubanía...

A los nueve años ya yo tecleaba algo de piano y bailaba rumbas. Eso nació con mi naturaleza.

En la escuela me distinguía siempre por encima de las otras. Me decían la estrella. Y yo me lo creí. En todos los actos yo bailaba o tocaba mi numerito o recitaba. Siempre lo hacía bien. Desde entonces gusté, desde niña. Se me pegó la costumbre del mundillo de los aplausos y «Qué bien», «Qué mona», «Qué figurita» y cuando vine a ver estaba inoculada con el virus fatal del artista.

No me lo pude quitar. Di lata en todos los lugares por hacer algo de mi arte. Me empeñé en ser una primerísima figura y con la ayuda de mi madre lo logré. Un tal Rolen fue el primero que me hizo subir a un escenario. Tendría yo unos trece años y había dejado la escuela

porque el hambre se aproximaba y mamá era preca-
vida. El tal Rolen me iba a buscar y me llevaba, todo
esto al lado de mi queridísima madre, a un teatro que
había en el Cerro. Allí nos sentábamos los tres. Rolen,
mi vieja y yo. La función era como un cirquito de mala
muerte con dos o tres jovencitas que bailaban hacién-
doles gracias a los jóvenes de la primera fila. Un len-
guaje muy decente, eso sí, nada de chusmería ni salpa-
fueras. Pero yo miraba como una boba para el techo
porque me daba pena. Los ojos se me iban para arriba
y el tal Rolen me cogía la cabeza y me la bajaba, obli-
gándome a mirar a las bailarinas.

Él era un hombre simpático que nos quería ayudar a
las dos. Y parece que tenía acciones allí o mucha in-
fluencia porque a las tres semanas estaba yo bailando
en el Tívoli, en la tanda de la tarde, como corista.

Mi cuerpo se prestaba y oía bien la música. Nunca me
fui de tono cuando hice pinitos en el canto. Nunca
me caí, nunca cometí un equívoco grande, ni se me olvidó un solo paso.

El escenario aquel lo conocía a las pocas semanas
como la palma de mi mano. Tan es así que despunté enseguida, cogiéndole el gusto, claro, y fui la primera bailarina de la compañía. Con trece o catorce años, pero
con cuerpo de mujer. Las maestras de mi infancia me
llamaban de vez en cuando para que yo hiciera mi pa-
pelito en la escuela y yo iba. Hacía de niña, de galle-
guita, de operática entonando arias. ¡El diablo y la vela!

Un día una de ellas, no sé por conducto de quién, se
enteró de que yo era profesional y fue a mi casa a darle
un escándalo a mi madre. Se sentía en el deber de hacerlo. Aquellas mujeres beatas de cuello alto eran anti-

cuadas y mi madre no. Mamá tenía un sentido práctico, moderno, del vivir.

Pues va la profesora y empieza con el dime que te diré y el torna y vira. Y lo único que recuerdo es que mi madre la sacó a cajas destempladas de aquel cuarto. Hizo bien, porque yo estaba en mi juicio y todo lo que hacía era por mi voluntad. Bailar de joven no es malo. Lo malo es servirse del baile para comerciar. Pero a esa vieja no había quien la hiciera comprender. Además, ella no nos iba a pagar la luz, ni el alquiler.

De entonces acá yo he sentido siempre un gran respeto por el artista que se las ha visto negras. Y no he sido de esas censoras del mal público que se visten de pecado, esas damas católicas, esas...

Jamás me ha gustado quitarle a nadie su ilusión. Porque una ilusión cumplida vale cualquier cosa. Si no, pregúntenmelo a mí, que he sido en la vida lo que mi ilusión me pidió, desde niña.

Antes de entrar en el Tívoli yo fui una niña ingenua, bitonga.

Luego allí me curé de muchas cosas. Abrí los ojos al mundo.

Llegaba por la tarde y ensayaba mi poco, salía, comía una fritura y a la función. Mamá detrás de mí todo el tiempo. Yo creo que ella tenía miedo a que me violaran o me maltrataran.

Empecé a comprar ropa: lamé, sedas, vestidos de guarachera, de noche.

Me hice un ropero más o menos con dignidad y muy coqueto.

¡Qué miedo tenía la vieja que la niña fuera a desembocar mal! Una vez, cantando yo un cuplé, no recuerdo cuál, me grita un joven: «¡Tírate, muñeca!».

Yo me quedo perpleja con el tírate aquel. ¿A qué se refería? Le hago una seña de negación. Y se tira él y me agarra las piernas en medio del número. Le di un soplamocos delante del público y cerraron las cortinas. Como todas las artistas cuentan su primer incidente, este fue el mío. Y ese fue mi primer enamorado.

Ahora es y yo me asombro mirando hacia atrás, leyendo las cartas, las cartas no, las alegrías, las noticias que me mandaba mi príncipe.

Qué extraño sentimiento, cualquiera diría que yo estoy loca. En ese baúl hay residuos de aquellos años: 1902, 1903, 1904, 1906... (Magoon, sí, era Magoon.)

14 de julio de 1906

A lo que más te pareces es a una rosa. Vaya esto como una declaración de amor.

EUSEBIO

El Tívoli era un teatro de mala muerte que habían levantado en Palatino. Año 1906, si mal no recuerdo. Yo fui mucho. Los hombres de aquellos años teníamos que entretenernos en eso. Y yo fui siempre muy dado a las mujeres. Rachel empezó allí de corista, de corista mala. Bailaba, una niña todavía, durante los días de feria, y luego en el tiempo muerto se iba a reposar de la manera

más recatada, por supuesto. Recogió alguna plata allí y se largó. ¿Cómo llegó al Alhambra? No sé; una mujer podía llegar al Alhambra por muchas razones. Rachel llegó, eso sí. Y despuntó, como se dice, que levantó cabeza y salió a flote.

Hacía las tandas al final de cada función. Las tandas quería decir menear el culo al cierre de la obra de cada noche. Tocaban un danzón muy elegante y uno cruzaba las manos para escuchar en el más absoluto silencio, daban la obra luego y cerraban con una rumba de cajón que bailaba Rachel como única figura femenina. Lo hacía de pareja con un tal Pepe.

La fama de esta corista creció como la espuma. Todos los hombres la deseaban menos yo. A mí me gustan las verdaderas mujeres cultivadas y lo de ella era un barniz malo, de ocasión.

Se cuenta, vox pópuli, que una noche el gran escritor español clásico de las letras en lengua hispana y ortodoxo en su materia, don Jacinto Benavente, llegó a una función del Teatro Alhambra y parece que al viejo le gustó porque entró en los camerinos y les mandó flores a las artistas principales. Unas margaritas del Japón para Rachel y muchos besos, como es costumbre en las relaciones entre escritores y artistas.

Ella, haciéndose la dadivosa, y que lo era, no era mal educada no, al contrario, vivía para los detalles... bien, le brinda al viejo un trago, él se lo toma y ahí empieza el diálogo que es de morirse.

—Usted es una mujer muy atractiva.

—Y usted un caballero que mima a las damas.

—Me gustaría que visitara la tierra de Castilla y que fuera a Cataluña a actuar.

—Yo se lo agradezco, don Jacinto, pero adonde yo quiero ir es a Europa.

El viejo se da cuenta y cambia la conversación.

—Rachel, ¿le gusta la ópera?

—Sí, cómo no, yo siempre soñé con ser soprano, pero ya ve.

—¿Qué ópera le gusta?

—Todas, don Jacinto, todas.

—Pues, fíjese, yo me quedo con Andrea Chénier. ¿La ha escuchado, Rachel?

—Sí, ¿a la primera tiple, dice usted?

Y así las cosas que le ocurrían a esta mujer de joven, porque luego ella viajó y se pulió bastante. Pero volviendo a lo de hembra, yo, para ser sincero, prefería a Luz.

Eusebio me dio muchos dolores de cabeza. Estaba yo muy jovencita para esos torbellinos. Pero él no escarmentaba. Me seguía la pista constantemente. Yo me movía, él se movía; yo me sentaba, él se sentaba. Así era de meloso. Me acostumbré a amar como una tonta. Mi madre nos dio por incurables y nos dejó solos corriendo la gran aventura.

Así nació la única pasión pura de mi vida.

La familia de mi novio se negaba. Ellos tenían fábricas de zapatos, ingenios y un montón de cosas más. Yo no estaba viendo eso. Era él quien me interesaba. Pero ellos creían otra cosa. Y me hicieron, nos hicieron, la vida imposible: un collar de lágrimas fue aquella época para mí.

Eusebio no faltaba un solo día a la función. Todo por verme, claro. Me traía regalos, me mimaba, era mi ilusión.

Un día hubo un fuego en el teatro y por poco me quemo hasta el pelo.

Eusebio se puso furioso porque él ya venía con la letanía de que yo me fuera de aquel lugar, y me sacó de allí unos días, sin el consentimiento de mi madre. Todo oculto. En vez de ir al teatro nos íbamos para las playas, el Chivo y otras, y allí hacíamos de las nuestras, en la arena, en el mismo mar.

Vivimos el verdadero libertinaje. Fuimos felices los dos solos. Pero mamá se entera y forma el gran barullo. Entonces yo, por complacerla, volví al teatrico.

Eusebio comprendió el problema y no por eso dejó de ir a verme. Al contrario, se volvió más loco por mí todavía. Pero de matrimonio nada. Los padres de él negados hasta la pared de enfrente.

25 de noviembre de 1906

Amor mío:

Los días sin tu presencia no tienen sentido para mí. No te pido que me escribas porque sé que no me llegarán las cartas. La distancia me une a ti. Desespero.

EUSEBIO

Lo mandaban al campo, a chequeos de dinero y otros asuntos. Me lo aislaban. No podía escribirle porque no sabía adónde. No tenía mensajeros ni terceras personas. Nada. Estaba en una desventaja total. En un pozo.

Se me quitaron los deseos de trabajar. Las cosas me empezaron a salir al revés. El Tívoli no me llenaba. Yo vivía presa en la emoción por ese hombre, aislado de mí. Me pasaba noche y día pensando en él. Y todos los pensamientos me los guardaba, eran cosa oficial mía. Nada de chismecitos a otras muchachas, ni mentirillas. Ese amor era mío y todo lo que tuviera que ver con él yo me lo reservaba.

No me han gustado nunca las mujeres breteras, las alardosas. Ese elemento no es de buenos sentimientos. No quieren a nadie. Pregonan los amantes como una mercancía y se cuentan unas a otras vida y milagros.

Ese, a mi sano entender, es el mayor pecado de una mujer.

Eusebio... su historia, fue mía y de él. Ahí no tuvo que ver más nadie. Al menos en los asuntos interiores, porque como fue una historia fatal y pública la gente supo más de lo que debía, desgraciadamente, desgraciadamente.

Los periódicos contaron hasta el más mínimo detalle. Fotos y entrevistas.

A mí no me tocaron. Yo me recogí en casa de alguien, no sé.

La ciudad toda se removió con el suicidio y las familias pudientes, los Casanova, los marqueses de la Real Proclamación, los Montalvo, se distanciaron de la casa de Eusebio, de su madre y de su padre. Esa es la aristocracia. Adentro todo, pero cuando algo se descubre, a correr y tapar. Es una falsedad que no tiene nombre.

No recuerdo la fecha en que Eusebio se suicidó. El año sería el siete o principios del ocho. Lo que es día y hora y detallitos no puedo.

Yo me horroricé tanto que perdí la memoria y el habla.

Y nadie me compadeció. Al contrario, me creían culpable. Hasta mi propia madre, después que aguantó la vela tanto tiempo, me lo echó todo en cara.

¡Inconsecuencias de ella!

Habíamos ido por la tarde a los baños. Las playas de Carneado las llamaban. Unas pocetas calientes, deliciosas, adonde iba todo el que así lo deseaba. Nosotros, con tal de escabullirnos, nos metíamos allí a cada rato. Luego salíamos a tomar cerveza y a bailar.

En las playas tocaban unas orquestas un poco chillonas pero divertidas.

Como yo era profesional de la danza, Eusebio se cortaba y no bailaba como debía hacerlo un hombre que quisiera complacer a una muchacha. Él se ponía tieso, rarísimo, y miraba hacia todos lados. El típico bailador pacato. El tímido.

Cuando el sol bajó, nos fuimos. Mi novio tenía un Rolls Royce color obispo, descapotado. Le había costado veinticuatro mil dólares en París.

Me preguntó si yo lo amaba. Y yo le dije que sí. Que lo quería. Entonces me entró a besos acalorados. Me mordía, me abrazaba. Yo me extrañé pero no lo quise enfriar y él siguió y siguió.

Todo muy bien hasta llegar a mi casa.

Nos bajamos del automóvil y él me acompañó hasta la puerta.

Ya en la puerta me lo contó todo. La asturiana, que tenía un cuarto en la azotea de mi casa, le había facilitado el lugar para que él y yo nos quedáramos allí hasta las doce de la noche. Esa asturiana era algo muy serio, amiga de mamá y medio madrina mía. Pero yo no me hice la niña tonta ni la desprevenida.

Subí porque estaba enamorada de mi novio y porque otras veces nos habíamos pasado horas y horas enteras juntos en un mismo lecho. Yo me acordé de todo. Esos momentos en que a uno le pasa por la mente un historial de cosas. Pero lo superé y dije para mis adentros: «Tú eres una mujer entera y estás enamorada, no temas».

Eusebio no hacía más que repetirme: «La edad no importa, cariño, el amor no anda mirando eso, quiero que hoy seas mía».

Me ablandó completamente. Yo me sentía distinta. Ya no era cosa de juego.

El deseo me enardecía.

Fue la noche más feliz de mi vida porque me entregué al amor.

Eusebio me desfloró con sangre y todo. Lloré a lágrima suelta, me bañé y nos fuimos de allí, asustadísimos los dos.

La asturiana nos esperó abajo. Yo me tapé la cara con una toallita, por pena y porque la asturiana esa era uno de los bichos más feos que han pisado la Tierra. Tenía el pelo amarillo y unos vellos largos en la barbilla. Mamá, ni pizca del asunto.

A todas estas, el Tívoli me robaba cada día más tiempo. Una mujer de mi calibre era apetecida como oro.

Eusebio y yo seguimos. Cada día más amor, más besos, más...

Hasta una noche que empiezan a salirme unas manchas en la piel y mareos. Cuando le dije que estaba en estado me apretó y me felicitó.

Y se lo fue a decir a su señora madre. La muy perra le puso una cara que ni el mismo diablo y el muchacho vino a mí sin consuelo. Ahí fue donde comenzó el drama. Que no y que no la vieja, y él que sí y yo que sí. Mamá, ignorante hasta donde yo, más o menos, pude. Al cabo de dos o tres meses me llamaron a un médico. Aborté un varón de seis meses. La placenta se me pegó y el doctor tuvo que sacármela en pedazos. Fueron horas amargas de mi existencia.

Seguí bailando. Ahora en la tanda de noche. Y él se enclaustró, o lo enclaustraron. Esa madre, que era el demonio vestido de mujer. A los pocos días de mi aborto apareció la foto en *La Discusión*. Eusebio se había mudado para una casa que tenía su hermano, una casa para los amoríos, y allí una tarde, frente a un espejo, se degolló. Fue en la calle Estrada Palma, en el barrio de Jesús del Monte.

En lugar de matarse con un rifle, o una escopeta, seleccionó un cuchillo de cocina y con eso mismo. El hermano tenía un saloncito de armas para la ristra de pájaros, y las había escondido todas.

Él declaró luego que Eusebio le había dicho que cometería esa imprudencia si no le dejaban ver a su mujer, a mí.

Más nunca pasé por esa calle. Mi vida quedó hecha trizas. Mi nombre por el suelo, y el prestigio de él, que era noble y remero del Yacht Club, igual. Fue una tragedia griega entre ambos.

Lo único que quedó de todo fue una carta sellada donde Eusebio decía: «Rache: te quiero».

A Mariana Grajales la tengo pegada en el escaparate y le pido. Esa mujer fue la madre de Cuba. Una verdadera santa. La Juana de Arco de América. ¡Ay, Marianita, tenlo en la gloria y cuida a mi patria!

Ahí se resume mi vida, que es muy triste.

Ella quedó ronca por un problema sangriento que hubo por medio. Ronquita, ronquita. El dueño no la pudo obligar a que siguiera cantando. Por eso perfeccionó la parte de danza que ya conocía y pasó el temporal.

Yo no hablaba nunca con las estrellas de allí. Un taquillero no entraba en confianza con el personal artístico. Me gusta la individualidad. Rachel parecía decentica. Todas allí eran muchachitas que se ganaban la vida en el meneo ese, pero eran buenas y amables. La verdadera tanda estaba afuera, después del último show. *El Tívoli me trae malas pulgas. Estando allí agarré la fiebre amarilla y me salvé de milagro.*

Las manos son el espejo del alma. Me enseñaron todo lo que un artista tenía que aprender. Unas manos que se administren bien, con gracia y soltura, hacen la mitad del trabajo. Mis manos eran un encanto. Se iban solas. Los maestros me miraban perplejos. «Ay, esa niña, qué cantera, qué donaire.»

Yo no hacía más que lo que el cuerpo me pedía. Me movía con naturalidad y nada más. Las manos recogidas, porque esas loquitas que suben al proscenio y empiezan a gesticular que parece que hacen muecas, esas muñequitas de cuerda no tienen nada que ver con el arte.

Las manos son de carne, no de madera, y pertenecen al cuerpo, están regidas por el cerebro y por la voluntad.

La mano de una mujer tiene que ser recogida. Muy

pegada al costillar y a la cintura, no en el aire como remolinos.

Una mano que se mueve y otra descansando, y cuando se usan las dos, ya sea para cantar o para bailar, hay que hacerlo con mucha discreción.

Lo picaresco se hace con la mano, un flanco de la mano pegada a la boca; lo triste, con las manos tomadas y cerca del ombligo; lo zalamero, con las dos manos en la cintura o con una mano por el pelo, como acariciándolo.

Ese es el juego de las manos, más o menos, porque los otros pormenores, el cuerpo entero, la voz, que tiene que estar bien impostada, la dicción, frases bien hechas y con claridad, el entrecejo, la cara, eso va acompañado del mensaje, ya sea triste o alegre.

Para conocer y dominar esas regiones del arte dramático no valen maestros.

La experiencia con el público y las críticas bien intencionadas son imprescindibles. Las críticas, no las obras de mala leche.

Me fui de allí disgustada, es cierto. Tenía el corazón partido, estaba falta de ánimo, jovencita, pero había perdido al amor de mi vida.

Todavía hoy escucho la palabra Tívoli y me vienen a la cabeza un montón de cucarachas. ¡Qué horror!

Yo, pensándolo bien, me le he escapado al diablo. Miro atrás y a pesar de todo lo malo, me río. Aprendí a tomar las cosas con frivolidad.

¡Campanitas, campanitas! Me olvido fácil, no soy rencorosa; eso lo aprendí del cubano. Somos olvidadizos; nos dan un puntapié, nos embuten y al otro día estamos sacándole fiestas a la gente. Eso será bueno o será un defecto, no sé. Mamá nunca olvidó a mi padre. Ella hacía de su vida una feria, pero ahí estaba mi padre, para bien o para mal.

Sin que hablara de él ya yo sabía cuándo lo tenía en mente. En los buenos restaurantes, cuando paseábamos en bote, en el buen vino, ahí estaba mi padre. Mamá nunca lo olvidó. Y él fue cruel, la dejó en un país que no era el suyo, sin documentos, sin dinero, nada. Todavía yo guardo en el chiforrober una leontina alemana, que era de mi padre.

Y lo oigo. Ofelia, que me conoce bien, dice que son voces que me hago oír yo misma. Pero yo juro y perjuro que no. Lo oigo clarito, sin narcóticos ni brujerías. Debe ser que le falta una misa... Y no es una cosa enfermiza, no. Si hay una mujer sana en el mundo, esa soy yo.

—Te pasas la vida hablando fruslerías. ¡Qué tonta eres!

—Tú me perdonas, pero cada cual habla de lo suyo.

—Pues sigue así, boba, que te van a sacar de aquí como bola por tronera y por idiota, por idiota.

—Que me saquen, total, ya yo he hecho bastante. Y al purgatorio voy de lo que no hay remedio. ¡Que me acaben de sacar es lo que yo quiero, coño!

Pero nada. No me sacaron. Me fui yo por mis propios pies. Ni a mamá le dije nada. Lo decidí y luego se enteró La Habana. Estoy hablando del año ocho. Tenía yo veinte años cumplidos.

Sin trabajo, sin marido, sin apoyo social.

Corrí la capital casi descalza, y no exagero. Mis buenas relaciones y mi trato limpio me hicieron acreedora de la confianza y el cariño de mucha gente. Gracias a eso, en medio de aquel ciclón, seguí tomando clases de baile. El teatro no lo iba a dejar por nada del mundo. Aquello fue un impás de unos tres o cuatro meses. Yo tenía mi gallinita echada: unos quinientos pesos, y con eso pude navegar. Enamorados iban y venían. Y a todos les daba calabazas. El ánimo mío no revivió hasta mucho después de la muerte de mi marido.

El que sabía la historia me miraba con cierta desconfianza. No había quien dejara de creer que el muchacho se había suicidado por mi culpa. Así es la vida. Pero yo, campante y sonante, con muchas ganas de salir airosa y demostrar mi tesón.

No quise entrar en grandes compañías, ni tampoco en la zarzuela. Me ofrecieron villas y castillas, pero yo negada. Tuve paciencia. Mi oportunidad grande no había llegado. Eso que esperan todas las artistas, el aplauso, las luces, las flores, un pretendiente con garra, estaba a mil millas de mí por esos años. Pero fui serena a pesar de mi temperamento.

Estudié, me tranquilicé, supe recoger la pita como el pescador.

Mi casa se alumbró de pronto. Llegaron las lluvias de oro, no sé de dónde salió tanta plata. El caso es que mamá y yo decidimos ir a Europa por unos meses. Y fuimos.

Acababa de salir postulado el candidato del Partido Liberal, José Miguel Gómez. Un hombre muy tranquilo y muy contemporizador. Derrotó a Menocal, que no era más que un vive bien. Había que verlo, figurín con chivito y bastón. El típico hombre de negocios. Dueño del central Chaparra y de muchas cosas más. Por eso nos alegramos todos del triunfo de Gómez.

Un triunfo sonado y merecido.

Salimos del puerto de La Habana en el mes de febrero de 1909. Era época de frío y el barco zarpó un día en que la temperatura bajó como nunca en esta isla. ¡Qué emoción! Salir una de aventura es lo más crispante que hay. Pasamos días y noches enteras en ese barco. Bebiendo, conociendo hombres ricos, millonarios, jugando al póquer, a la baraja española, a la ruleta... una vida de princesa india. Yo me pellizcaba el muslo para cerciorarme.

Me rocé con lo mejor de La Habana. Nadie tenía que saber quién era yo ni a qué me dedicaba. Por lo tanto jugué mi rol de gran señora, me entretuve, gocé de lo lindo. Era dichosa después de todo. Si jugaba un número, salía. El trece o el siete, que son mis caballos de batalla.

Si me ponía un vestido más o menos ligerito, todo el barco tenía que hacer conmigo. La verdad es que aquel viaje me sacó a mí del pantano.

Llegué a olvidar las penas y sobreviví.

Una noche anunciaron que allí en la tripulación había un oficial que cantaba. El muy atrevido salió a la pista y puso su numerito. Cantó peor que un billetero. La orquesta no era mala, ¡qué va! Un conjunto de trompetas, timbales, piano..., estaba bien. Yo hacía meses que no oía buena rumba. Y le pedí a los músicos que se soltaran un poco.

Tocaron una rumba, muy mal tocada, pero yo bailé en la pista. Sola, porque nadie se atrevió a salir. Fue un escándalo. El resto del viaje lo tuve que hacer metida en el camarote, jugando al solitario y leyendo.

Me tocaban a la puerta, me insinuaban, me mandaban noticias con mamá.

El capitán me regaló una pulsera de plata de Veracruz con un ónix en forma de corazón. Yo lo acepté porque era el capitán. Si no, por nada del mundo. Hay que saber aquilatar los obsequios. Yo los acepto cuando llegan acompañados de la admiración, no cuando vienen cargados de lujuria. Entonces no son obsequios, son trampa, ganchos.

En un barco se lee mucho. Una joven como yo, no acostumbrada a la lectura, se aburría. Yo me aburrí horrores.

La noche es preciosa en estribor, pero muy fría. A cada rato yo me acordaba de Martí. Dicen que cuando él se fue de Cuba iba en la baranda del barco, llorando. El día que zarpamos yo salí y me recosté a la baranda igual y vi La Habana, el Morro, la Cabaña, el parque de Luz y Caballero, toda la ciudad. Pensé en José Martí y me dieron ganas de llorar. Es duro dejar su patria. Aunque yo sabía que tenía que regresar. Pero es duro, durísimo.

Llegamos a Francia y me corté el pelo. Lucía de lo más bien con una melenita a lo *garçon*.

Francia es bellísima. Enorme. El puerto de El Havre está siempre lleno de frutas y pescado. Parece de utilería. Todo el mundo allí era patilludo. Hombres de buena talla, y el vulgo. Unas patillas hermosas que morían en la mandíbula.

—Eso que ves allí es París —dijo mi madre.

Era el reflejo de París. Bajamos del tren con dos maletas y una bolsa de cuero llena de música, por si acaso.

Lo primero que vislumbré fueron los cafés al aire libre, las mesas.

Mamá preguntó por la Bastilla pero nadie le pudo dar razón. Nos hospedamos en un hotel de la calle Cujas. Vivimos allí por espacio de una semana. Los dos primeros días yo dormí con un frío terrible en un cuarto con dos camas. Luego dejé a mamá sola y me mudé para el cuarto de al lado, con buena calefacción y cama camera. Todo eso gracias a un italianito que se llamaba Pietro y trabajaba en la carpeta. Un gran amigo de Cuba, de la música nuestra.

Esperábamos el dinero que debía mandar mi tía desde Viena. La calle Cujas es estrecha y empinada. Muchos bares y negros a montones.

Me fascinó París. A dos cuadras de mi hotel estaba el Jardín de Luxemburgo cubierto de nieve, y caminando por la avenida hacia abajo, el río Sena, caudaloso y romántico. En las orillas del Sena fue donde comí castañas calientes por primera vez.

«*Merci*», «*Pardon*», «*Je vous adore*»: esas fueron las frases que me aprendí en los siete días que disfruté París.

El dinero llegó y mi madre fue a comprar el boleto para ir desde París hasta Viena en tren.

En el barrio latino, cerca de la iglesia de Notre Dame, hay una fonda árabe. Lo más barato y lo mejor de París. Es una casita de madera de puntal bajo. Está frente al río. Allí conocí a las muchachas del Folies Bergère. Iban a comer cuscús. El dueño les tenía una mesa reservada.

Llegaron con unas carteras al hombro, muy estrepitosas, y se sentaron.

Eran bellísimas. Muy bien formadas y muy auténticas en su estilo. El Folies era carísimo y ni mamá ni yo pudimos ir. Además, en siete días no se puede estar en misa y en procesión. El Sena, la iglesia de Notre Dame, las castañas, la nieve de Luxemburgo, esa es la postal que me ha quedado a mí de ese viaje a París. La Ciudad Luz. La Meca del Arte.

Lo importante, como digo yo, es que estuve en él, lo vi todo y me quedó su encanto, el halo que les sale a los santos en la cabeza. Eso es más grande que recordar como una idiota el nombre de las calles, la iglesia tal o la cual...

En menos de ocho días vi más que lo que uno ve en un año. Pietro me cogió por su cuenta y con él me paseé todos los museos importantes de París. A los italianos les encantan los museos y las reliquias. Por eso fuimos al Louvre tres tardes seguidas. Cuando salíamos de allí yo no podía casi caminar porque los pies se me habían hinchado una barbaridad. Así y todo nos íbamos a pasar las noches a un café, cerca de la Ópera, donde se reunían los poetas y los músicos. Como por las noches había frío, el café estaba cerrado con cristales, y la humareda adentro y la bulla me volvían loca. Ellos se leían allí sus poesías y sus músicas. Y cantaban a todo lo que les daba la garganta. El italiano cogía una yerba que se llamaba hachís y fumaba como un demonio. Me decía que se sentía en alta mar y remaba y todo...; yo nunca me atreví a fumarlo. Lo que hacía era que lo olía un rato y ya con eso me embullaba yo también, porque si no era el aburrimiento padre. Las piernas se me ablandaban y la cabeza me daba vueltas por todo el salón. Esa yerba, apestosísima, ellos la cogían como nosotros hacemos con el café; se reían, lloraban con los ojos enormes, cantaban... era divertidísimo, pero al otro día había que tomar ácidos para curarse. A la vez que uno olía aquello y salía de allí, todo París apestaba igual. El olor se metía por la nariz y no había perfume que lo quitara. Un día, al salir de aquel café, se me ocurre cantar, y canté con una vocecita de soprano, afilada, como yo nunca la había tenido. Eso fue un milagro de oler aquello nada más. Pietro se reía como un idiota porque a la noche siguiente la voz no me salía ni haciendo un esfuerzo. La noche que mamá y yo cogíamos el tren para Viena me tomé unas copas con el italiano en el mismo bar de la estación. Fue la despedida nuestra. Pietro se paró junto al coche y yo desde dentro lo veía. Sentí una cosa extraña, como si fuera a llorar, me imagino que por las copas que tenía. Lo que sí sé es que a él no lo veía solo: tenía un montón de gentes detrás y se parecían a los del café. Ahora, yo nunca supe si fue una ilusión óptica, si yo estaba borracha o si esa gente, en efecto, estaba allí. Nunca supe.

París me embobeció. Y cuando llegamos a Viena, todo me parecía pequeñito, reducido a una mínima escala.

Viena es una ciudad soñadora, triste, pero soñadora. El edificio de la Ópera tiene la lámpara más grande del mundo. Después yo oí decir que Caruso la bamboleaba con el agudo. No lo creo. Aquella lámpara era un primor.

Mi tía se portó muy bien con nosotras. Nos llevó al teatro varias veces. Nos vistió y nos calzó. Era una mujer rica, casada con el dueño de una bombonería muy reconocida en Austria.

En aquella época a la gente le había dado por volar en globos de tela.

Yo recuerdo un parque gigantesco y unos globos subir con una gran fanfarria, multitud de gente, orquesta y todo lo que Dios manda. Era el afán de exhibicionismo. Ya los aviones existían, pero quedaban los payasos en los globos de colores. Era un riesgo ir tan alto y sin motor, ni frenos, ni timón. ¡A mí me entraban unas cosquillas! Hubiera dado la vida por volar treinta minutos en uno de esos aparatos.

Eso lo vi en Viena con un frío aterrador.

Mi tía vivía entregada al comercio. Hacía la inspección de la bombonería todas las tardes. Las empleadas le cogieron fobia. Cuando yo llegué, una de ellas me preguntó si yo me quedaba a vivir allí. Mi madre se dio cuenta y contestó que no, que nosotras estábamos de paso y que vivíamos en Cuba.

La muchacha se sonrió como sintiendo un gran alivio por mí. Pienso que de haberme quedado allí a trabajar me hubiera convertido en la esclava número uno de mi tía. Los húngaros son gitanos por naturaleza. Les gusta andar trotando. Mamá en Cuba. Mi tía en Austria. Y otros tíos y tías que tuve regados por el mundo.

Aquel viaje fue un delirio. Recuerdo el campo de Austria, blanco y con vetas verdes. Las casitas de tejas, amapolas y macetas en las ventanas.

Austria es fría. El aire helado se mete por los poros, y las orejas y la nariz duelen nada más que de tocarlas.

Odio el clima frío. Me hace sentir inútil, tiesa y temblorosa. Mamá soportó mucho más que yo por su origen. Nunca le pregunté por qué diablos se le había ocurrido hacer el viaje en pleno invierno. Fue una prueba de campeona para mí.

Austria, Viena más bien, es un lugar para el buen vivir. Aquí no se veía miseria, pordioseros, vendedores ambulantes... ¡qué va! Aquello era un paraíso de lujos. El pueblo vivía bien, a pesar de las épocas de restricción. Todos vestían trajes. Y las mujeres con sombreros de pana. La iglesia era muy concurrida. Los domingos eran días de recogimiento, días para dar un rodeo por el parque, ir a la iglesia y pasar el resto descansando junto a la estufa. Luego vino la guerra y todo aquello se vino abajo, según dicen.

Austria me maravilla. Es el país soñador por excelencia, amante de la buena música y del arte.

Allí se estrenó *La viuda alegre*.

Dicen que Dios le da barba al que no tiene quijada, y es verdad.

Ella misma, vieja y todo, arrugada y todo, vestía como la primera dama. Era la fama, no el prestigio, sino la fama.

Yo diría que estaba obligada a esos manejos. Para ella, entrar al Encanto vestida de un color y salir de otro eran la misma cosa.

El Encanto le gustaba por los perfumes franceses y los sombreros.

Gordita y bajita, con aquellas pamelas de paja italiana ribeteada con cintas lila y creyón sol. ¡Qué mujer tan...!

Dicen, a mí no me crean, que era una hija muy devota. Pero a la madre no la enseñaba mucho, al menos yo no la conocí.

Rachel en El Encanto era un espectáculo. Cuando entraba por Galiano, la puerta principal, parecía como si entrara una tropa a caballo.

Los muchachos se quedaban boquiabiertos, porque ella sonsacaba sin malicia: cosas de las artistas.

Los amantes y el desperdicio moral son otra cosa. De eso yo no sé.

No puedo hablar. Yo era empleada de allí y más nada.

«Ay, primor, búscame un tono que me siente», pagaba lo que fuera y se iba saludando: «Adiós, niñas».

Ya debe estar muerta, o al borde de la muerte, por vieja.

A no ser que se conserve en un frasco de formol.

No he sido una mujer de hábitos, quiero decir, una metódica. Me han enloquecido las giras, andar trotando, ver lugares hermosos, conocer personas de diferentes caracteres... Pero cuando pasaron los meses, y aquel frío y aquella lengua que a mí no había manera que se me pegara, y mi madre neurasténica, me entraron deseos de volver. Mi tía salía a menudo con su marido y nosotras nos quedábamos en la casa oyendo música, porque el frío nos indisponía.

Esa noche, que ahora me viene a la mente, mamá preparó un té bien caliente para cuando llegara mi tía. Puso la mesa preciosa, con aquellos tapetes de hilo y aquellas cucharitas de plata. Mi tía llegó y se sentó con su marido a tomar el té. Nosotras esperamos que él subiera a acostarse. No sabíamos cómo decirle a mi tía que estábamos locas por volver a Cuba. Mamá y ella hablaron en su lengua mucho rato. Yo estaba tan nerviosa que se me olvidó tomar el té, ya helado. Mi tía me arregló la bufanda y me tocó la nariz con sus deditos fríos. Me dijo en un español que ni los chinos: «Frío, mi niña, mucho frío». Mamá me miró y parece que lo comprendió todo al pie de la letra porque me dijo: «Mañana le estoy pidiendo a tu tía que nos saque el boleto de vuelta».

Yo no sé por qué la cabeza se me llenó de cosas. Veía La Habana clarita, las calles, los teatros, las playas. ¡Qué alegría me dio saber que iba a regresar! Dejé a toda aquella gente sin pena alguna. Fueron a despedirnos y yo no lloré ni nada. Me senté en el tren que nos llevaba hasta el puerto, bien cómoda, y vi a mi tía, a su marido y a las muchachas de la bombonería con los pañuelitos, y yo como si no fuera conmigo. Me puse a comer caramelos para que el tiempo corriera. Luego me dio pena portarme así con mis parientes. Pero... ¿qué se va a hacer? Mi meta era llegar aquí, a mi tierra, aunque lo que me esperaba todavía era un infierno. El viaje en barco duró un siglo. ¡Un siglo!

Dos acontecimientos grandes ocurren a mi regreso a Cuba: la gente horrorizada con la aparición del cometa Halley y la muerte de uno de los hombres más populares de La Habana: Yarini.

El cometa Halley da para largo. Llegó inesperadamente. La Habana toda se conmovió. La gente lloraba del susto. Hubo quien murió del corazón, de infartos y ahogo. No estábamos preparados. Un pueblo acostumbrado a la retreta del maestro Roig, al vaivén, al parque, a la comadrita... No estábamos hechos para ese ajetreo. Pero el hombre se apareció con su cola de caballo luminosa y dejó a todo el mundo pasmado. Las farmacias no daban abasto con las sales inglesas. Enormes colas todas las mañanas para comprar sedantes. Nadie pudo dar en el clavo. El cometa ahí, paradito, detrás de la Marola del Morro, amenazando con dar un rabazo.

Y las niñas en las azoteas con sus telescopios para verlo de cerca. En mi casa no había telescopio y tuvimos que alquilar uno por diez centavos para poder disfrutar del espectáculo.

Muchas mujeres embarazadas vieron pasar el cometa

y dieron a luz unos niños únicos, con manchas rojas, algunos con colita y todo, en las nalgas y en la espalda. Dicen que era el mismo cometa que se había quedado reflejado. ¡Quién sabe!

«Parece melcocha, parece un majá, son un majá de candela», decía América, una negrita que vivía en los bajos.

Yo he tenido siempre mucha razón. No he sido cobarde. Pero como no sabía un pelo de astronomía, me acoquiné un poco. El cometa impresionó a María Santísima. El mismo Gutiérrez Lanza, experto en cuestiones siderales, estuvo días enteros en silencio, sin atreverse a poner un ojo en el telescopio. Dicen que porque tenía miedo a enfrentarse a la verdad.

Halley amenazó con tocar la Tierra. El 18 de mayo, el día señalado, la gente se reunió con sus familias, los novios con las novias, las madres con sus hijos, pero nada. No tocó nada. Se fue sin chistar. En 1985 vuelve a aparecer. No creo que lo pueda ver. Pero si llego me buscaré un buen telescopio, porque como están las cosas, los adelantos de la ciencia, la propia astronomía, no hay que temerle a ningún astro.

Y menos a ese que ya se sabe que no va a hacer estragos.

✻

La Discusión, 1 de mayo de 1910

Ya tenemos ahí a Halley, fijo como un ojo, clavado en el cielo por las mañanas, mirando a todos lados como un inspector del infinito.

Feto mundial, torero sin coletas.

La voz de los habitantes de la esfera de Halley tiene que ser setenta y cinco veces más sonora que la voz de nuestra gente: allí nos parecería a nosotros, si pudiéramos oírlo, que se habla teniendo artillería en la boca. Mirando al cielo nos coge la muerte, nos envuelve en el torbellino enorme de la vida universal, y átomo y polvillo, nos incorporamos al movimiento general, sin llegar nunca a saber ni lo que somos ni de dónde venimos, ni adónde vamos, ni para qué vivimos y para qué morimos, ni qué es nada de esto o todo esto que nos rodea, pobres ciegos con ojos que no ven.

LA DISCUSIÓN, 9 DE MAYO DE 1910

Nos acostumbramos a todo, nos cansamos de todos los esplendores y nos habituamos a los fenómenos más extraordinarios: las más brillantes estrellas, los planetas más hermosos, nos encantan todavía, pero no nos sorprenden ya.

Son de un cielo que alumbra todas las noches, la estrella Polar ya no es sino un faro suspendido, la estrella vespertina solo un accesorio para canciones de mandolinistas, la Osa Mayor y Menor únicamente pretextos para la erudición nocturna de la vida de castillo estival...

¿De do vienes, a do vas?

¿Quién a viajar te condena sin tregua?

¿Qué misión lleva tu fúlgido luminar?

¿Vienes acaso a chocar con nuestro grano de arena?

Yarini fue harina de otro costal. Su muerte conmovió a la población porque fue un muchacho fino, elegante, de muy buena familia. No un apache.

Yo he oído muchos comentarios sobre él; gente fatua que habla por hablar. La vida de un joven de aquellos años no era como hoy. Había otro proceder. Hoy lo que se llama un chulo es un triste imbécil, sin percha, sin autoridad. El chulo madrileño es otra cosa. El chulo de Lavapiés. Pues más o menos así era el nuestro por los años diez o quince. La palabra chulo es despreciativa, fea, muy fea.

Yo diría que los chulos de La Habana no eran amigos de buscar pleito. Ellos se entendían con las mujeres, buenas hembras y cascos también, pero lo hacían todo en cordialidad. El cubano ha sido bueno, muy generoso y complaciente.

El chulo francés es muy distinto. Engreído, matón, castigador, buscapleitos, explotador...

Toda la fama que corre hoy en día de Yarini es mitad cierta y mitad invento del vulgo. Criar fama en un medio como el de nuestro país era muy sencillo. Cualquier don nadie de la noche a la mañana, ¡pum!

Yarini ahora es como un santo o un guerrero. Algo famoso. Eso es debido a las pocas noticias reales, porque él de chulo no pasó. De chulo del barrio de San Isidro. Las mujeres que viven de su sexo, las prostitutas, para hablar en plata, se enamoran. Son mujeres de carne y hueso como las otras, lo que un poco más desenvueltas, sin tapujos.

Yarini tuvo su harén. Mujeres loquitas por él. Se les caía la baba, se abrían de piernas. Yo comprendo esa ilusión. Para mí el amor a un hombre arrogante es lo más grande que hay. De los mojigatos nadie se enamora. Pero de un tirano como ese, ya lo creo. Yo misma sin haberle hablado nunca, solo de haberlo visto pasearse, ya estaba medio embelesada. Porque es que él era algo imposible. Un tipo de varón que no se daba fácil. Había que rogarle, hacerle sus cuentos y sus guiños. ¡Qué época! Hoy no se ve eso. Hoy el amor es una vulgaridad. Firmar un papel, tener una porción de niños, curieles, una suegra... ¡Horror! Antes las cosas no eran así, tan en frío. Había misterio, secreto en las relaciones. Poder decir yo vivo con Alberto Yarini era muy difícil para cualquier mujer, para cualquiera.

Uno se pone a oír las tonterías de la gente y le da risa. Hoy mismo, aquí en esta ciudad de La Habana, el que no conoció el proceder de Yarini dice que a él lo que le gustaba era rajarles las tetas a las mujeres con una cuchilla y que cuando peleaba con un hombre le daba un navajazo en una nalga. Todo eso es producto de la imaginación del cubano.

Él era exquisito.

—Señorita, tenga la bondad. Joven, por favor.

Ese era Yarini, Alberto Yarini.

Por eso lo mataron en frío, como un cerdo.

Es triste que un hombre muera así, tan lleno de vida.

Y mucho más un hombre hermoso. Que él tenía sus manejos oscuros, ¿y quién no? Que él era cómplice en la trata de blancas, bueno, ¿y aquí quién no ha hecho de las suyas? Pobrecito, pensar que se lo tragaron los gusanos... con su ropa blanquita siempre, su leontina, su sombrerito de pajilla... pobrecito.

El necrocomio de La Habana parecía un enjambre. La gente se paraba en las barandas, se asomaban a las ventanas, entraban... Yarini gozaba de una simpatía grande en la ciudadanía.

Todas las putas de La Habana se aglomeraron para ver salir el cadáver. Ni el rey de España tuvo un público más numeroso. Le llevaron flores por tongas. Murió a los veintisiete años, la buena edad de un hombre para triunfar. Yo fui un amigo fiel de Yarini. Estuve allí hasta el último momento. Le puse la corbata, lo afeité, lo peiné, le tapé los ojos. Un muerto que ha sido como un hermano para uno no causa asco. Él, sin exagerar, fue el *souteneur* más codiciado de Cuba. Su lealtad, su finura, lo llevaron a ese plano. Que yo sepa, ella nunca lo vio ni lo trató.

Las mujeres que nosotros teníamos eran callejeras. Rachel no. Rachel era pretenciosa, artista, en fin, de otra pasta.

De todos modos ella puede hablar de esos años porque es más vieja que andar a pie. Pero de Yarini, de su vida íntima, nadie que lo conozca mejor que el que viste y calza.

El día que murió, el día del tiroteo, llovía a cántaros. Y había frío. Un frío típico de La Habana, con mucho viento y ráfagas. Nosotros estábamos cerca de la plaza esa que le llaman Caballerías, un muelle.

Habíamos ido a beber con dos puntos. Los puntos no sospechaban lo que iba a ocurrir porque eran nuevecitas. Recién llegadas como digo yo, guajiritas del campo, todavía con olor a monte en el sobaco. Pero guapas: gorditas, bien hechas, nalguditas.

Yarini me da un reloj de pulsera y me dice:

—Jabao, te callas la boca.

Efectivamente, cualquier cosa que se presentara, cualquier negocio, yo lo arreglaba con él, con más nadie. Pero parece que el ambiente estaba caldeado. Y ya lo venían chequeando.

Los franceses son ralea mala, de la peor.

Y Yarini se atrevió nada menos que a quitarle una perla al collar.

Petite Bertha, la hembra más linda de San Isidro, propiedad de Lolot, pasó a trabajar con él. Lolot, que era un malsano, no se dejó arrebatar el dulce y fue a buscar a Yarini, para matarlo, aquel día, en aquella esquina.

¡Casualidades de la vida! Me tocó a mí presenciarlo todo, hasta vi la bala que se lo llevó.

Hace casi sesenta años de eso y todavía me corre una cosquilla por las piernas cuando pienso en aquella balacera.

Yo me dejo cortar la cabeza si no fueron más de tres los que le tiraron. Encaramados en las azoteas de la calle San Isidro, en las casas o en los balcones, pero más de tres porque aquello sonó a guerra.

Los revólveres no eran silenciosos como los de hoy. El tiro de muerte le traspasó un pómulo, el derecho. Yarini se empinó cuando sintió el balazo: «Cojones, Jabao», me dijo; las putas salieron corriendo y yo me metí detrás de un muro porque iba desarmado. No vi cuando él tiró, pero sé que fue cierto porque lo recogieron con una pistolita 38 en la mano. La única bala que pudo soltar cogió a uno de los franceses, de Marsella, por cierto, tuerto y pecoso, y lo desguavinó.

Yo me di a la fuga; las putas igual. Luego me presenté en el necrocomio para atenderlo. Llegué llorando. Un amigo es un amigo. Sobre todo cuando ha habido procesos y particularidades.

Estaba morado, la cara era un trozo de hielo, morado y flaco. ¡La muerte que es una barbaridad! Me dio lástima pero no asco. La familia no lo tocó. Era una familia pudiente: padre dentista, madre de su casa.

Una familia de La Habana, de Galiano.

Enviaron un refrigerador para meter a Yarini. Fue lo único que hicieron. Él les salió la oveja negra. Y eso no se perdona.

Petite Bertha fue al entierro, encabezó la caravana jugándose la vida.

Dicen que se había enamorado de él, lo cual es posible, pero yo no lo creo. Ella fue para darle caritate a los franceses y que ellos vieran que no le temía a nada.

Todo el que en aquella época valía estuvo en el entierro de Yarini. Hasta el presidente de la República, el señor José Miguel Gómez.

El cortejo salió de La Habana. La gente a pie detrás de las coronas. Los balcones repletos. Parecía un día de luto nacional. Yo me quedé pasmado porque cuando se trata de un hermano de uno, esas cosas duelen más.

Llegando a la Calzada de Zapata los souteneurs franceses empezaron a buscar rencillas. Se formaron en bandos, con puñales en los bolsillos. Querían vengarse de la muerte del marsellés matando a uno de nosotros. Yo hubiera sido un blanco perfecto para ellos.

La policía hizo un cordón, pero ni así. La reyerta fue violenta de todos modos. Yo me escondí detrás del coche fúnebre y gracias a eso estoy vivito y haciendo el cuento. Pero a la Petite Bertha le hirieron un seno.

Así, sangrando, llegó al cementerio. Eso es lo que se llama una mujer.

Las coronas volaron, hechas añicos. La gente se dispersó por las calles de tierra del Vedado, pero al cabo de la media hora el tumulto estaba otra vez organizado. Había que enterrar al hombre por encima de los tiros y las puñaladas. Y se hizo, con la ayuda de Dios.

Los periódicos contaron los hechos como cuentan siempre los periódicos, lo que les parece bien.

Esa muerte se puede decir que fue sentida. Luego vinieron Chibas, Rita Montaner, Benny Moré, que también han tenido entierros muy concurridos. Pero como el de Yarini, ninguno. Si no que lo diga la Bertha, que vive todavía en la calle Condesa, más vieja que la Cabaña, pero conservada.

Bertha a secas. Mi apellido nunca lo pudieron pronunciar bien aquí. Es largo y difícil: Chateaubriand. Pero yo hago que me digan Bertha solamente.

Lo que quiero es morirme. Que vengan a sacarme de aquí. Esta vida así no la resisto. Es de perro. Yo quiero morirme.

Perdí la memoria para los detalles. No tengo fuerzas: ni levantarme de este sillón puedo ya. Estoy llena de venas, soy un desperdicio.

Lo único que puedo declarar es que él dejó un luis, un centén y cinco pesos. Es todo lo que tenía en el bolsillo. Yo no sé más nada. Ni quiero acordarme. Soy inocente.

Además, dejen reposar al pobre muchacho, que bastante tiene que estar penando, déjenlo reposar.

Esta ciudad envuelve. La cubana parece que camina en el aire, no por el pavimento. El cubano igual. Somos seres dotados para la felicidad pasajera. Una muerte no la esperamos, un accidente tampoco. Por eso la gente es tan sentimental y lloran y gritan y patalean si les ocurre algo que no esté en el plan del día.

A mí este pueblo me maravilla. Es lo que se da en llamar un pueblo alegre, que vive en un paraíso y se olvida de la otra parte, del infierno. Los pueblos así son admirables. Hay pocos con ese don. Todos llevamos una especie de optimismo fatuo: el pajarito que canta en la tormenta. Aquí lo peor se arregla con el tambor y la cerveza.

Ayer y hoy. Ese es un destino. Un gran destino porque si no mi pobre gente estaría desvanecida, sin fe.

Yo al llegar y encontrarme el floreo este, la calle bullanguera, los parques llenos, los teatros de variedades, el mismo ambiente de barrio, me volví a entusiasmar y como la cosa se puso fea para la vieja, empecé a buscar trabajo.

También porque a mí lo que me corría por las venas era música, como a Schubert.

Una persona adicta al ritmo, con buen oído, con figura y deseos de gustar, tenía ganada la mitad del camino. Luché como una fiera. Me tiré a la calle. Al teatrico del Palatino no volvía ni por un tesoro. Yo aspiraba a la representación. Bailar, cantar un poco y, sobre todas las cosas, representar. Me busqué un amiguito que iba conmigo a los teatros por la noche. Recorríamos La Habana entera: el Molino Rojo, el Albizu, la Comedia, todos. El amiguito, con tal de salir conmigo, me pagaba la entrada y las comidas. Luego nos sentábamos en el Prado a contarnos nuestros asuntos. Yo casi muda, era él el que tenía la cabeza llena de musarañas, pero sabía, y yo estaba en el deber de escuchar. No se me iba un solo detalle. En algunas cosas yo me atrevía a darle consejos.

El pobre tenía un amor por medio que no había cuajado; esos amores que ni son un verdadero romance ni tampoco un entretenimiento porque una parte adora y la otra se deja adorar. Pues mi amigo era muy inocente.

Se enamoraba a primera vista, sin tomar en cuenta la calidad de la gente, su origen, su proceder. Yo le decía que pensara bien las cosas, pero como si fuera con la pared. Todos los días era un llanto y una comedia. Infeliz criatura. Esos ángeles se dan todavía.

Adolfo me pintaba, me enseñó a sacarme las cejas, a peinarme sola, a hablar inglés... Le llegué a tomar afecto y él a mí, para decir verdad. Gracias a esa amistad conocí a muchos bailarines, a coristas, a empresarios. Yo nunca me atreví a entrar sola en un teatro.

Adolfo me regalaba algo todos los meses. Pañuelos, creyones, medias. Él fue el que me hizo ver lo buena hembra que yo era, lo atractiva.

—Mírate bien, estás perdiendo el tiempo, tonta.

Pero tenía un defecto: celaba como un caballo. Hombre que se me acercara, hombre que él repudiaba. Un día fuimos a un bailecito de disfraces. Él se vistió de holandesa, monísimo que lucía, y yo de curro.

Hicimos el gran papel de la noche. La casa se alborotó. Me aprendí unos bocadillos y el curro me salió pintado. Luego en el Alhambra hice el curro muchas veces, acordándome de aquella fiesta. El mismo Adolfo me llevó de la mano hasta el estudio del Sevillano, un gran profesor de baile que hubo en La Habana.

Allí fue donde por primera vez estudié con sistema, horas enteras agarrada a una barra, alzando las piernas. Cuando terminaba dejaba un charco de sudor en el piso del tamaño de un sartén.

El Sevillano no tenía esperanza en mí, como corista quiero decir. Él me decía que yo era una rumbera nata. Pero no bailarina. Yo no le presté atención. Le respondí:

—Limítese a enseñarme la técnica, el resto lo pongo yo.

Esa, creo, era la respuesta adecuada de una artista. A veces los maestros no ven el genio en sus alumnos y los desvían. Por eso yo me llevaba tan bien con el Adolfín, porque él siempre me dijo:

—Rachel, tú eres una actriz: tú no hagas otra cosa que eso.

Adolfo veía solamente un matiz de mi persona. Él me quería como una trágica o una figura de carácter. Yo siempre lo dejé en su idea. No quise desilusionarlo, pero lo que yo llevaba dentro no era eso; aunque él me conocía bien, ahí falló. Yo no era solamente una actriz, cómo decir, en ciernes, sino lo que fui y por lo que me recuerda mi pueblo: una *vedette all around*.

Para mí es una mujer sin edad. Y con mucha juventud dentro.

Jovial, una señora jovial.

Aquí la llaman todos los días por teléfono, jóvenes y entraditos ya en años.

Son horas y horas pegada al aparato. Yo no sé qué le dicen, sobre todo el que llama a las cuatro, pero ella le coquetea y se ríe con él.

No lo deja entrar a la casa porque su marido actual es muy celoso. La cela con sus ochenta años. Si es que a eso se le puede llamar celos, porque yo le diría más bien enfermedad. Hombres a quienes se les debilita la corteza cerebral y no progresan.

Yo una vez le pregunté:

—Señora, dígame, sin compromiso, ¿qué edad usted tiene?

—La misma que tu madre cuando te parió a ti, atrevida.

Yo no esperaba esa respuesta, porque la señora, con todo y su vida, es una mujer muy comedida.

3

Adolfo conocía todas las tácticas y los trasfondos del mundo artístico.

El pobre, nunca llegó a nada, su aspiración se vio tronchada.

Trabajaba en un café cuando lo que él soñaba era ser bailarín. Pero así es el destino. Todo lo hizo por y para mí. Ya que él no llegaba, llegaría yo con su ayuda.

Me puso todos los recursos que encontró. Pero siempre dirigidos a convertirme en una actriz de carácter.

Ensayábamos juntos, improvisando una escalera con un bosque detrás y unos bancos de mármol que hacíamos con cajones de bacalao. Adolfo entraba con una túnica blanca y preguntaba por mí. Entonces yo, agachada detrás de una columna-deshollinador, contestaba como una gatica celosa.

—Aquí estoy, querido.

Ese era el comienzo del primer acto del vodevil *Marco Antonio y Cleopatra*. Cleopatra, claro está, era yo.

No buscábamos público porque éramos principiantes y Adolfito, en el fondo, tenía miedo a que se burlaran de él.

Esos desahogos íntimos me ayudaron a desenvolverme como actriz y a memorizar libretos largos. ¡La memoria, una traidora...!

Toda una retahíla de *sketches*, de obras clásicas como *Hamlet,* de vodeviles, dos zarzuelas, eran el repertorio nuestro.

Luego nos agotábamos y pasaban días en que ni él ni yo nos veíamos. Las clases en Concordia 63 prosiguieron.

—Levanta las piernas, los brazos, baja los hombros, yergue la barbilla.

Yo creí que me volvía loca con tanto baja y sube.

A los pocos meses bailaba español como la mejor petenera, rumba como la negra más genuina, y danzón y polka y hasta los ritmos suaves: valses, foxtrots, boleros.

Adolfín me llamó a contar. Nos fuimos al parquecito de los Enamorados y me dio una dirección.

—Coge esto y ve sin falta.

Yo, haciéndole caso, fui. Él no me quiso acompañar para que no pensaran que yo andaba con ese elemento, porque el niño tenía su «airecito de independencia» y eso se veía mal.

Llegué a casa de un señor muy decente que me acomodó en la sala y lo primero que me dijo fue: «Señorita, ya he oído hablar de usted. Sé que hace de todo, que es plástica y desenvuelta, pero lo único que me disgusta es que venga recomendada por esa criatura que no añade nada en benificio de su persona».

Se refería a Adolfo, naturalmente. A mí se me encendió el bombillo y le contesté:

—Mire, señor, yo soy una muchacha que sabe distinguir entre lo bueno, lo regular y lo malo. Adolfo es un conocido mío con quien yo no tengo, como puede usted suponer, intimidad alguna. Él me ha hablado muy bien de usted y del circo, y yo espero que nos entendamos sin entrar en pormenores de incumbencia personal.

—No, yo lo que quería decir era...

Y lo pasmé. Estos empresarios que se creen que pueden hacer de una un monigote, lo que se merecen es una respuesta así, contundente. Bueno, al mes, el hombre me tenía en primer balcón. Yo me lo metí en un bolsillo con mi malicia y con mi gracia natural. Le hice gastar todo el dinero que tenía en una carpa nueva. La compró y le puso al circo el nombre que yo le había sugerido: Las Maravillas de Austria, en recuerdo de aquel país que yo amo tanto.

Pero el vulgo le decía al circo Maravillas, a secas, y así con ese nombre recorrimos el país, desde el cabo de San Antonio hasta la punta de Maisí, en carricoches, en automóviles, en trenes...

Prefería eso a tener que volver al Tívoli con aquella peste a chivo encendido y aquellos molotes. Mamá no me acompañó a la gira porque se tuvo que quedar en sus quehaceres. Pero me envió una postal con un perrito blanco y una cadena finísima con la Virgen de Santa Lucía para que me cuidara yo de los malos ojos.

Le escribí dos o tres veces, mandándole besos a Adolfo. El dueño no me dejaba recibir correspondencia sellada, pero yo daba direcciones nuevas siempre, porque cada pueblo que pisara era territorio mío ya. Donde quiera tenía yo una casa, una amiga, un amiguito. Si en Coliseo en Coliseo, si en Tunas en Tunas. Llevé el personaje de la mulata a escala nacional. Todas las otras muchachas me envidiaban el aplauso. Y yo decía para mis adentros: «Por cada frase de hipocresía, un beso en la mejilla». Con esa política anduve zarandeándome en aquel cirquito, con aquellas fieras humanas.

El dueño tendría unos sesenta años mal vividos. Había estado siempre en compañías de bufos, en circos, con grupos de astracán, cómicos y coristas. Era un cabeza loca. Lo que se llama un bergante.

Yo le gusté desde el día que lo visité en su casa. Pero de tonta que soy no me di cuenta y perdí mucho tiempo angustiada, no porque yo estuviera enamorada de él, sino porque, estándolo él de mí, todas las puertas, al menos las de aquel cirquito, se me abrían enseguida. Y así fue. Decir Rachel era decir la niña mimada de don Anselmo. Empleé todas las jugarretas para trabajar menos que nadie y destacarme más. Fingí ronquera para no tener que entonar canciones de tesitura atiplada. Hinchazón en las manos para no andar cargando y poniendo en escena. A mí, me lo hacían todo o nada. Lo que aprendí de mi madre y de Adolfo, darme mi lugar siempre, lo cumplí. Fingía embarazo cuando no tenía deseos de bailar la rumba final, que es lo más fatigoso que hay. Fingía tortícolis para no hacer la mulata zalamera. Entonces esa tarde salía recta como una estaca, decía dos o tres chistes y con la misma me retiraba. Fingía estar acongojada para que el dueño me trajera mantecados. Fingir es muy sencillo. Nadie se imagina lo sencillo que es. Y mucho menos calcula. Que calculen el resultado para que vean que sin un poco de esos trucos, el artista más grande se hunde.

Los empresarios, cuando saben ser empresarios, tienen que dejar mano izquierda en eso de los fingimientos. Si no lo hacen así, los artistas se les van decepcionados.

Don Anselmo en eso era muy condescendiente, con todos en el circo, no solamente con la que habla.

Por eso duré allí como dos años, haciendo maromas, bailando, cantando criollas, guarachas, boleros, desfilando como la vampiresa, la señorita recatada, la insulsa; desfilando, que era como decir no hacer nada más que exhibirme en el escenario para llenar. Inflaba globos, retozaba con pelotas de goma, me mecía en un columpio volador, dándome unas cosquillitas terribles, tragaba... no, no llegué a tragar espadas, no pude; había allí una peruana como de cuarenta años que lo hacía maravillosamente, espadas y candela.

Fui payasa tonta y payasa malévola: la pilla.

Me divertí de lo lindo. Fue mi primer trabajo experimental. Lo primero mío.

Las Maravillas de Austria pasó sus vicisitudes. Y yo con él. Pero por encima de los trastornos hubo aventura y lujuria. Estábamos jóvenes todos en la compañía. El único que portaba canas era el don. Por eso sufría tanto.

La primera salida la hicimos de la Terminal de Trenes, con un contrato seguro para actuar en Esperanza, Santa Clara, Cienfuegos y otros pueblitos de la provincia de Las Villas. Dábamos la impresión de una tribu gitana, con limpieza y moral, por supuesto. Subimos al trencito. Unos éramos conocidos ya, otros no. Pero una gira obliga al conocimiento profundo de la gente. Se les ve a todas horas del día y en todos los menesteres. A la hora de levantarse, con legañas en los ojos, en el almuerzo, en la siesta, en la comida, en el inodoro, a la hora del sexo.

Es terrible convivir con el ser humano. Se va todo a pique porque la gente no tiene control.

Don Anselmo se enamoró de mí perdidamente. Daba lástima verlo a mis pies, babeando. Me traía agua: «Un poquito, mi amor». A todas horas.

No dejaba a nadie entrar en mi cuchitril, porque aquello no era un camerino ni la cabeza de un guanajo. ¡Ay Dios!, ese viejo maldito, cascarrabias, quién me iba a decir a mí, tan jovencita, que iba a tener que lidiar cadáveres. Pero así es, así es. A mí me gustó en el fondo, vamos a dejarnos de hipocresías... La diferencia de edad es un estimulante para el amor. Una es la amada y el vejete paga y aguanta y, si no aguanta, se le da un puntapié y ya. Me encanta eso, por mi orgullo de hembra. Pero a la vez me molesta. Sobre todo en la hora cumbre, la hora de demostrar pasión. No es lo mismo un jovencito que un viejo. La ventaja del viejo es que no exige nada y el jovencito, si es abejón, la deja a una seca. El don se acostó conmigo varias veces, en mis momentos de debilidad. Y eso le costó caro.

El circo salió ganando porque yo me entusiasmé y le saqué a mi madera de artista hasta la última astilla. Organicé los programas, yo como centro siempre, contraté una pareja de bufos, un trío, dos payasos más, traje una mujer-goma, un «ventríloco», un barítono y dos muchachas que cerraban conmigo las noches de tanda especial. La carpa nueva llamaba al público por sus colores. Y los pueblos esos del interior, tan enfermizos, sin otro entretenimiento, llegaban en manadas y atestaban las gradas. Desde temprano venían las tongas de gentes con bocaditos y botellas de agua, sacaban su entrada y se sentaban en las gradas a esperar, dormidos.

En Santa Clara fue donde el programa cuajó mejor. La ciudad es de mucho trasiego: vendedores ambulantes, comerciantes, otras compañías.

Por allí pasa todo. Es un pueblo lleno de polvareda, sucio, pero con mucho movimiento.

Clavamos el circo a las afueras, al final de la calle San Cristóbal, cerca del mercado. Los tarugos eran ágiles, buenos mozos casi todos.

Al llegar se me ocurre comprar un traje de cubana que había visto en una vidriera. Me vestí con la bandera cubana: la estrella en medio del pecho y las franjas azules cayéndome por los brazos. El típico traje nacional. Salimos en caravana anunciando: «¡Ahí va la cubana!».

LAS MARAVILLAS DE AUSTRIA
Variedades Múltiples
Risas y Alegrías con
la actuación especial de
Rachel
y
otros
PAYASOS * COMEDIANTES
TRIOS * BUFOS * BARÍTONOS
TRAGAESPADAS
entrada 10 centavos
HOY EN SANTA CLARA

Y yo de bandolera, con la cola blanca en la mano derecha y pavoneándome.

Así se anuncia una función. Santa Clara me cogió afecto. Yo era la única primera figura que paseaba sola por el parque, a una hora en que ver a una mujer en la calle era rarísimo.

Los parques del interior están divididos por una franja invisible, de un lado el blanco, preferentemente claro, y del otro el negro. En Santa Clara ha sido siempre así. Mucho racismo. Al circo iban pocos de color. Y los que iban se encaramaban arriba, en las gradas altas. Está bien que sea así.

El tiempo muerto era la época negra. La zafra del azúcar es la que decide en todo. La caña es la reina de Cuba. Ella es la que ordena y manda. Cuando hay tiempo muerto es cuando el guajiro no tiene nada en los bolsillos.

La época negra del circo. Iban pocos y los que iban eran casi siempre colados, niños en abundancia, guajiros raquíticos. Un público que no despierta entusiasmo. Iban para ver a los payasos y a los maromeros.

Yo lo más que hacía era cantar un poco, dialogar con los artistas...

Me entraba la sofocación. ¡Quién va a bailar una rumba para el público infantil!

La isla de Cuba se entristece con el tiempo muerto. Nadie hace nada.

El campo se viste de luto.

Y como la gente se pone a pensar, salen las gracias, los actos, de mala voluntad.

Yo caí por fanatismo. Fanatismo de los compañeros y compañeras del circo. Fanatismo de odio. La carpa un día se incendió por un costado y la mujer del sereno del circo me acusó a mí de ser la gestora.

Es una historia de las vicisitudes de una artista decente en un ambiente de envidias.

Nadie ignoraba mis relaciones con el viejo, mis peleas, mis desdeños. Y cuando aquello ardió, dijeron «fue ella, no puede ser otra, lo hizo adrede, para joder, para que

nos quedemos en la calle». Me cayó toda la tribu gitana.
La maldición gitana. El único que no creyó la calumnia
fue el infeliz de don Anselmo. Nos llamó a contar y cada
uno dio su versión.

Yo en cuanto vi lo mal parada que había quedado, por
envidia y por odio, me eché a llorar. Y el don paró la
reunión y me calmó.

—Mira niña, si tú lo has hecho, dime por qué.

Nada, que él sospechaba como los otros. Pero yo digo
que al que no lo cogen con las manos en la masa es
inocente.

La carpa quedó veteada de negro pero no se averió.

Luego vinieron dos o tres chispazos más y nadie dijo
ni esta boca es mía. Total, el viejo me lo tapaba todo
con tal de hacerme cosquillas, porque así son los viejos.

Pero las setenta y dos horas en la estación de policía de
la Esperanza no me las quitó nadie, porque ellos, en
masa, me acusaron.

La primera noche la pasé tranquila, comí una bobería
y me fumé un cigarro.

Al otro día amanecí con un dolor de cabeza espantoso.
Me quejé y me trajeron un paquete de pastillas. El oficial de guardia era divino.

Me dijo que yo era muy seria, que no hablaba. Entonces yo le pregunté:

—Dime, chico, ¿en qué mes tú naciste?

—Yo, en enero.

—Entonces somos del mismo signo, acuarianos los
dos. Tú ves, ahora sí se me quitó el miedo. Puedo estar
aquí un año, que no le temo a nada.

Me lo metí en un bolsillo. Luego me recomendó que
no hablara ni me alterara el día del juicio ese que iban a

celebrar. Y que si yo había quemado la carpa, no lo confesara jamás.

Las putas dijeron que yo había preparado una estopa amarrada a un palo y que se la había dado a un negrito, que ellas me habían visto, que el negrito además de la estopa había recibido dinero y que yo era una traidora y una bandolera. El que más sufrió fue el don, por verme metida en esos jaleos. A la mujer del sereno la sacaron de allí con marido y todo. Y yo me quedé porque era el alma del circo. Esas son las cosas que pasan cuando la gente quiere hacer daño. La ley del más fuerte siempre triunfa, es lo que me consuela a mí.

No digo yo con una estopa...

De que miente, miente. Pero son mentirillas. A veces con su cicuta, pero mentirillas, al fin y al cabo.

Seguimos trotando. La compañía nuestra era como un globo: se inflaba y después se volvía a desinflar... debido a que muchos tipejos y tipejas se unían en medio de la gira, lo abandonaban todo o pasaban a otro circo, o les daba por vivir en Tunas o en Ciego. Así es la gente de teatro: aventurerismo, «flatuismo», bulla...

Cada vez que salía uno, había diez o quince candidatos que llegaban con sus maleticas, sus trapos, y se ofrecían. Igual comían candela que tocaban el saxofón que se acostaban sobre una cama de clavos.

Era la necesidad del pan. Por esos años había hambre en Cuba. Y muchos torbellinos políticos. El viejo me convenció de que me quedara: «Yo te lo aguanto todo niña, haz lo que tú quieras, mátame si lo deseas, pero tú eres mi vida».

Oyendo eso a diario me ablandé por pena y seguí con el don a cuestas.

Él me agarraba en cualquier ligereza y lo más que hacía era advertirme que no perdiera mi tiempo, etcétera, etcétera.

¡Pobre don! Como él quedan muchos por ahí desahuciados, tristes fantoches de la vida.

Las mujeres somos malas en el fondo. Abusamos de los hombres. Yo lo confieso.

Yo me pasaba la vida diciéndole: «Tú tápate la cabeza con un casco, muñeca, tápatela, porque cualquier día de Dios esta carpa se nos cae arriba, de vieja, de podrida. Nos va a aplastar como si fuéramos cucarachas. Tápatela».

Ella, como todas eran iguales, y son, se me reía y me miraba de arriba abajo, como diciendo: «Ven que yo lo que quiero es que tú...» y de tanto reírse, la cojo, eso fue cuando el viaje a Santiago, y le doy un halón de brazo que por poco se lo arranco. ¡Qué muchachita! Lástima que de allí no salimos nunca. El viejo la chequeaba con prismáticos. Así y todo nos revolcamos en la lona, en el aserrín... nos metíamos debajo de las tablas y luego salíamos averiados, pero contentos. El viejo, para mí que lo sabía, pero callaba. ¡Qué muchachita!

Todo empezó y terminó allí, como la tanda, igual.

La candela nos agarró en Santiago de Cuba. Allí llegaron a imponer el orden y atemorizar al pueblo. Eran fieras disfrazadas de hombre.

Cuba no se merecía esa guerra, pero la tuvo, y fue entre hermanos. Negros contra blancos.

Nos achicharraron el circo, nos humillaron, nos amenazaron, sobre todo al don, de muerte a machete si no les dábamos alimentos.

Todo se lo dimos, hasta los trajes del personal artístico: muselinas, piqués, tafetanes...

Esa fue la guerrita de los negros, la bulla racista de 1912. Por eso creo que al negro no se le puede dar mucha ala. Aquí iban a imponerse si no es por la cordura del gobierno.

Los negros son peligrosos con un machete en la mano, muy peligrosos. El asunto, según yo lo recuerdo, empezó por lo de la Ley Morúa. Morúa fue un hombre decente del gobierno pero tenía la desgracia de ser mulato. Quiso hacerse famoso y lanzó una ley prohibiendo las sociedades de color. Él, como negro, no debió hacer eso. La ley le costó la enemistad de muchos de su raza y la cosa llegó a la manigua.

Los negros se alzaron en toda la provincia de Oriente, en Las Villas y no sé si en La Habana. Fueron días de angustia y cerrazón: pestillos, puertas, ventanas, todo herméticamente cerrado en pueblos y ciudades.

El pánico cundió porque los negros, al verse secundados por toda la hamponería, cogieron vuelo: ¡Haití, esto sería Haití!

Los dirigentes Estenoz e Ivonet eran negros de clase. Por eso tuvieron seguidores. Engañaron a medio mundo prometiendo villas y castillas.

Aquí iba a constituirse una república de charol. Los racistas aprovecharon las lomas de Oriente y subieron con rifles, antorchas, trajes de generales y brigadieres...

Nosotros nos escondimos en casa de los Villalba hasta que el zambeque pasó. Toda la compañía se desmembró, unos para La Habana y otros ni se sabe el puerto.

El viejo temblaba porque nunca había visto una guerra entre blancos y negros. Yo le hacía manzanillas y lo calmaba para que no se me fuera a morir en medio de ese torbellino. ¿Qué haría yo sola en Santiago de Cuba sin plata, sin allegados?

La negrada de la capital de la provincia se escondió. Uno salía a la calle y no veía a un negro ni en tres leguas a la redonda. Ellos también se acoquinaron. Los cabildos y las sociedades de color cerraron.

Ni un tambor, ni una fiesta, nada. Y eso para ellos era el puro infierno. Los alzamientos de Alto Songo y La Maya fueron los mayores. Dicen que Estenoz se lució con un rifle americano y que Ivonet era como el general Moncada. Eso decían los santiagueros. Yo oyendo y muriéndome por dentro. Pobre gente, tuvieron que huir en manadas para los pueblos, a guarecerse en los cuarteles o en casa de los familiares. Eran peregrinaciones sin alimento, sin ropa, sin armas.

Dejaban los muebles en las casas de empeño y salían huyendo. Las tropas de Estenoz invadieron muchos pueblecitos y las de Ivonet igualmente.

Solo que Ivonet no tenía la prestancia de un general y el otro sí, porque era un mulato zoquetón, engreído.

Esa guerra se hizo a base de mucho ron. Los jefes eran todos borrachos y viciosos. La prueba mayor la dio el general Monteagudo, que salió retratado en la prensa con dos negros alzados y varias botellas de ron de caña. Monteagudo fue enviado por el presidente Gómez para limpiar el terreno. Desde luego que le costó trabajo, pero lo logró. Mendieta es otro de los oficiales que participaron y del cual todo el pueblo tiene un gratísimo recuerdo. Ellos sabían que, a los negros, con ron se les derrotaba. Y según yo oí decir, las botellas subían las lomas para que los negros borrachitos se dieran por vencidos. El alcohol hacía maravillas.

Quemaron ingenios y plantaciones enteras pero no pudieron vencer. Eran la minoría y además estaban equivocados. En La Maya hubo un zafarrancho grande. Los racistas quemaron ochocientas casas, un pueblo en llamas y la estación de trenes, el paradero, la casa de correos.

¡La Maya quedó hecha cenizas! Luego salió un canto que decía «Alto Songo, se quema La Maya», y no sé qué más. Ese es mi pueblo: después de la guerra, la musiquita.

Negros, ¡negros!: ¡qué dolor de cabeza dieron, madre mía!

El colmo de todo aquel zambeque fue lo que hicieron con nuestra enseña patria. Quitaron la estrella luminosa de la bandera que se le apareció en sueños a Narciso López y, en su lugar, pintaron un potro negro como el carbón. Ahí se resume esa guerra: el potro contra la estrella.

Los blancos se metieron a curiosear y les salió carísimo. Un grupo de isleños sin patria se coló en las tropas de los dos generalitos, del Estenoz y del Ivonet, y a todos los liquidaron. Transportaron a más de un isleño en yaguas para los cementerios, para las cochiqueras, para las furnias...

La rabia del gobierno fue tan grande que hay que reconocer que se cometieron algunas imprudencias. Por ejemplo, yo recuerdo que en Santiago, dicen que en Regla ocurrió igual, cada vez que un blanco veía a un negro en la calle, le tiraba. Y así cayeron muchos que a lo mejor no sabían ni quién era Estenoz ni quién era Ivonet. Las guerras son así. Pagan siempre justos por pecadores.

En La Habana los muchachos de la Acera del Louvre se tiraron a la calle, por Prado, por Zulueta, hasta Malecón. Al negro que veían medio «relambido» se la cortaban. Ahora, hablando la verdad, ellos tuvieron la culpa. Amenazaron que esta isla sería territorio negro, que Estenoz iba a ser presidente y otras barbaridades más, por eso los muchachos se sublevaron.

En el Anón del Prado se sentaba un viejo de la aristocracia, finísimo él, que había sido de los sublevados. Él me hacía la historia de cómo los negritos se escabullían cada vez que lo veían, bajaban la cabeza o cruzaban a la acera contraria. Él se les paró bonito.

La agitación conmovió a toda la isla. No se hablaba más que de la bulla racista. Pero como todo es como es, y no hay mal que dure cien años, la situación se calmó cuando llegaron los americanos. A ellos sí los respetaban. Pararon un buque en la bahía y el temporal cesó. Anunciaron también que llegarían creo que unos quinientos *cowboys* expertos en la captura de reses bravas, *cowboys* enlazadores.

Si llegaron, no se dijo en la prensa, pero yo doy por seguro que la mayor parte de los rebeldes fue capturada por ellos. Un hombre con experiencia en tirarle el lazo a un potro podía enlazar cuatro o cinco negros de un golpe.

Eso fue lo que liquidó aquí la guerrita del doce. Que digan que los oficiales cubanos hicieron su papel, bien, allá quien lo diga: yo pongo las manos en la candela si no fueron los americanos los únicos salvadores.

El 24 de junio de 1912 mataron a Evaristo Estenoz. Era el día de San Juan, por eso lo recuerdo tan claro.

La muerte del cabecilla acabó con la insurrección. Yo volví a La Habana con el viejo cuando reanudaron el ferrocarril. Compré el periódico y vi un chiste que da la clave para comprender el zambeque ese. Era en *La Política Cómica*.

Dos guajiros de guayabera y sombrero jipi decían:

> Cuba es una nación próspera y feliz,
> hasta las bullas se acaban repartiendo maíz.

Y se veía en un rincón a un general de campaña, con una bolsa en la mano y una espada en la otra, dándole maíz a una bandada de totíes. ¿Quién sabe si es verdad que los negros recibieron dinero? Nadie. Eso quedó así. Y los que se sacrificaron fueron los que siguieron a los líderes, a Estenoz y a Ivonet.

> Aquí tienen a Ivonet,
> trigueño cubo-francés
> y jefe rebelde que es,
> quien pone a Cuba en un brete.
> Luce uniforme haitiano
> de su rango y jerarquía
> y piensa ser cualquier día
> mariscal afrocubano.

Y la otra coplita se la dedicaron a Evaristo. No se me olvida porque la canté mucho por diversión:

Ese bravo general
de color independiente
se proclamó presidente
y emperador tropical;
al verlo así
con su uniforme brillante
hay que decir al instante
¡si estaremos en Haití!

Lo que digo yo, después de la guerra, la musiquilla.
Desde luego que la sangre no hubo quien la repusiera.
Estrellas de oro, zapatos con espuelas de plata, pantalones de dril crudo...
¡Qué va! Una guerra así no había pueblo que la soportara.
Los negros quedaron aplastados, por ambiciosos y racistas.

¿Y qué carajo creían ellos, que nosotros íbamos a entregarnos mansitos, que les íbamos a dar las armas y bajarnos los pantalones? De eso nada. Y se lo demostramos. Nos decían salvajes, negritos de charol y mil insultos más, pero ¿cuándo en este país se elevó al pueblo un programa más democrático que el de los Independientes de Color, cuando aquí se luchó a brazo partido por lograr beneficios para los negros, que salíamos de la guerra descalzos y harapientos, con hambre, como el propio

Quintín Banderas y que luego lo mataron mientras sacaba agua del pozo de su casa? Que no vengan con habladurías. Que ahora sí llegó el momento de la justicia. Y ninguno de los que nos jugamos el pellejo en aquella guerrita vamos a quedarnos con boca cerrada.

Al menos, el que venga adonde estoy yo a decirme que si el racismo, que si los negros eran sanguinarios, le voy a dar un soplamocos que va a saber quién es Esteban Montejo.

Yo no sé lo que piensan los periodistas, los escritores y los políticos de eso. Pero yo, como hombre, como ciudadano y como revolucionario, creo que aquella lucha fue justa. Con sus egoísmos y sus fallos, pero necesaria. Los negros no tenían adonde agarrarse, no podían ni respirar y habían sido generales y hombres de letras, como Juan Gualberto Gómez. A mí no me interesa lo que esa mujer diga, yo veo las cosas desde otro punto de vista. Ella, y yo la conocí, fue una vive bien, nunca tuvo ideas sociales, ni se interesó por la política del país. Hacía sus obritas allí y después se iba de lo más campante para su casa. ¿Ustedes creen que eso puede ser aquilatado? Para mí lo que ella diga en relación con la guerrita de los negros es pura tontera. Una mujer racista como ella, acomodaticia y... Mejor no toquemos ese punto. Yo declaro mi admiración por aquellos hombres que quisieron respirar abiertos. Y si ella dice que son fieras, o que lo fueron, a mí me tiene sin cuidado. La fiera fue ella que se aprovechó de esta República, que lo único que supo hacer fue acumular riqueza. Porque fama no tuvo y gloria mucho menos. Rachel es el mejor ejemplo de la prostitución que reinó en este país, del vicio y de la *mentira en bandejas. Y esto lo digo yo y lo mantengo. Y que yo sepa de negro no tengo ni una gota de sangre. Pero veo las cosas como son, como tienen que ser. Óiganla, porque ella es simpática, jaranera, y sabe algunas cositas, pero no le hagan mucho caso. Se lo digo yo que llevo «machucando» la vida hace un largo trecho ya.*

❈

Lo triste es que el circo se apagó. A buscar nuevos rumbos. Y cargando con el vejete a cuestas.

Llegué a La Habana y fui a ver a mis dos amores: mamá en primer lugar y a mi querido Adolfo.

A mamá la encontré alicaída. Y a Adolfo en la misma nube de siempre: «Rachel, ahora sí las cosas parece que me van a ir mejor».

El muy idiota creía en la gente más interesada que ha habido en este planeta.

La triste, la desplomada, la tonta, tuvo que darles ánimo a dos criaturas que no tenían a más nadie en el mundo que a esta pobre diabla.

El viejo me puso un cuarto para que yo viviera sola. Y así fue: viví sola, porque al cabo de dos o tres semanas le di calabazas, y cómo iba a dejar mi cuarto, ¿verdad?

—Que me suicido, que me tiro al mar.

—Tírate —le dije—, suicídate, pero a mí no me vengas a pedirme más nada.

Llorando, le puse una muda de ropa en la maleta y lo vi irse derrotado. Yo lo siento. Aquel hombre era una baba y yo, jovencita y enamorada, no iba a echarme ese esperpento para toda la vida. Él me ayudó, pero yo le hice el circo y muchas otras cositas. Y con eso cumplí, digo yo, a mi sano entender.

El cuarto me quedó lindo porque Adolfo lo decoró con unas cortinas de encaje azul pálido. Me vistió la cama estilo imperio, con unas florecitas pálidas también, que eran la admiración de todo el que me visitaba. Pintadas a mano y satinadas. Tapizamos las paredes con escenas austriacas: venados, carneros, casitas de campo...

Al respaldar de la cama le pegué un medallón dorado precioso con la cara de Jano, que tiene un lado triste y el otro sonriendo a la vida. Es el símbolo del teatro en el mundo entero.

Al fin logré un rincón para mí. Allí recibí muchos amigos, ¿por qué lo voy a negar? Ellos me ayudaron a pagar mis gastos hasta que logré encauzarme.

El viejo se me apareció a los dos o tres meses y me dijo:

—Eres una puta como tu señora madre.

Yo le cerré la puerta en la cara, de un tirón, y no le dije ni esta boca es mía.

Hice bien, muy bien.

EL TEATRO ALEGRE, SANTIAGO DE CUBA, 1912

Blanca, muy blanca, bella, muy bella y elegante, de ojos preciosos, rasgados y negros, de arrogante presencia, de sonrisa arrobadora y de pie pequeño como una almendra.

4

Otra vez en la calle y sin llavín. Pero dispuesta a enfrentarlo todo de a pecho.

Ahora sí, que a un circo como aquel no volvía. Mataba las tardes caminando. Todo el Prado, la plaza de Marte, el Payret: esa era mi zona de operaciones. Yo era una mujer libre que podía hacer de mi capa un sayo. Extrañaba el fragor artístico, mi mundo, para lo que yo nací, pero supe aplicar el control. Esperé dos años sin mover un brazo, viviendo de los «suvenires», sin compromisos con nadie y libre de mamá. Mucha aventura, mucha vida de noche, alcohol, fiestas, paseítos. Pero del arte nada. Asistí a todos los teatros de la época, como espectador. Yo me sentaba con un amigo en una butaca, primera fila siempre, y veía la obra. Eran los años de Monterito, la Pastor, la Chelito criolla... Yo las observaba cuidadosamente. No para imitarlas, sino para recoger con malicia. Todas tenían algún defecto. La que no era bizca, era boba; la que no, demasiado puta; la otra muy gorda o muy fea, como la Chelito; la de más acá, pretenciosa; la de más allá, distraída.

Todas eran de cuerda menor. Por eso yo estaba tan convencida de mí.

La mejor prueba de mi calidad eran las otras, el espejo donde yo me miraba como en el cuento de Blancanieves.

Llegaba a casa y me tiraba en la cama a calcular. Compré un espejo en la calle Dragones, un espejo de pie con dos columnas hermosísimas estilo griego antiguo. Lo coloqué frente a mi cama para verme a todas horas. Estudiaba yo sola todos los gestos y las expresiones que debe conocer una artista. Hacía esfuerzos para sonreír y luego reírme a carcajadas. Lloraba como una Magdalena, fumaba a lo apache, me dejaba llevar, sollozaba y luego recitaba monólogos que le había escuchado a la Becerra en los *bululús* de Pous, que eran unas compañías de bufos ambulantes. Repetía todo lo que había hecho en el Tívoli y en el circo. Eso era a diario. Yo sola me superé.

A Adolfo tengo que agradecerle mucho, es cierto, pero aún sin él yo hubiera sido quien fui.

Entre los dos compramos un fonógrafo y hacíamos nuestras tandas, locos de alegría. Yo bailaba hasta caer muerta y él me seguía el paso, desfallecido.

Aquí va la negrita conga:

Yo soy la negra Tomasa
la flor de Jesús María.
No quiero parejería
ni que me vengan con guasa;
ningún guapo se propasa
porque yo también soy guapa.
Soy breva de buena capa
y al que me quiera probar
le digo con picardía:
ni te mojas ni te empapas.

Y la retórica, la que hablaba como una universitaria:

Yo soy Concepción Baró,
estudio filosofía
y soy en Jesús María
la llave del corazón.
No sé lo que es una rumba
ni una conga ni un danzón.
Cristiana soy, devota por religión,
y si de guasa se trata
aclaro que esta mulata
no engaña con polisón.

La gracia está ahí, en saber representar los dos polos. La mulata conga es aquella sin barniz, la primitiva, una mujer con bozal y argollas. Es chancletera, vendedora de bollos o jardinera, pero la retórica no, la retórica usa faldas más bien anchas, habla bajito, pronunciando las eses, usa espejuelos, se plancha la pasa todos los días y lee, cosa rara entre las negras.

Me veo metida en aquellos solares, haciéndome la trabajadora social o la inspectora de escuela. De tú a tú con los negros más hampones, todo para registrar en detalles las costumbres de los bajos fondos, la manera de hablar de las negras, de moverse, de bailar. Me convertí en una esponjita. Por eso la mulata que yo llevé al teatro cubano hizo época. Me la quisieron imitar pero fracasaron todas.

La guerra fue mortal para mí. A la vez que una figura logra caracterizar un personaje, triunfa.

Las mediocres son las que no saben hacer ni la mulata ni la china ni la pelona, esas son luego las que hacen sabotajes y sacan las uñas. Las voy a nombrar un día de estos con santo y seña, aunque estén debajo de la tierra, porque me hicieron la vida imposible. ¡Imposible!

Llegaban a los camerinos a insultarme, me creían hija del demonio. Me rompían los libretos, me quemaban la ropa, me indisponían con los jefes, con los muchachos de la tramoya, con los escenógrafos. Me hicieron la vida imposible:

«La Rachel es una bandolera.

»La Rachel es puta.

»La Rachel está ronca.

»Es canilluda, tortillera; sáquenla de aquí porque desmerita el teatro; pónganla en el coro, tírenla a una furnia a ver si desaparece.»

Las voy a nombrar una a una con sus defectos y luego veremos quién tiene la razón. Veremos.

Lo nuestro ha sido todo de balcón a balcón. Rachel se asomaba por las tardes y yo también y hablábamos tonterías de lejos: señas, gestos más bien.

Miraba a la gente con mucha curiosidad y no saludaba a nadie.

—Rachel, ¿cómo le va hoy?

Y ella de picada siempre, jovial, me abría la mano izquierda y eso quería decir requetebién.

Rachel es una mosquita muerta. Hace la solitaria para que la mimen. Ha vivido siempre para elogiarse, aunque se haya cerrado como una monja desde los treinta y nueve o cuarenta, desde que dejó el Teatro Alhambra. Se cerró con su perra y su criada y la mamá, una vieja húngara que era algo muy serio. Dicen que fue la que introdujo la «mamancia» en San Isidro. Era una vieja casquivana que se pasaba la vida hablando de los triunfos de su hija: «Mi niña es, mi niña fue, mi niña para acá, mi niña para allá».

Yo sé, lo he visto en cuadros que ella tiene en su casa, que la Rachel fue una gran hembra. De su arte, bueno... un poco de levadura como todo; ahora, de lo de hembra, ni hablar. Tetona y de nalgas grandes y redondas. Si yo fuera novelista escribiría una semblanza de esa mujer, a lo Zola, a lo Flaubert, pero me he quedado en la polilla asquerosa con el casco y la mala idea, y creo que una novela no me sale ni con ganas.

Bueno, la cara no era una maravilla: nariz de cotorrita judía y ojos saltones, muy expresivos, negros y de cejas largas. De pelo negro como el azabache y...

De balcón a balcón o por teléfono, porque nunca me ha dejado tocarle un dedo, nada; es una mujer de ocultismos.

Una noche, de casualidad, me empaté con la criada y ella me hizo subir a la casa, por la lujuria, y subí. Vi la sala y un cuarto cerrado con una lucecita. Ofelia, nerviosa, me señaló:

—Ahí duerme la señora, cállate.

Tomamos coñac Ofelia y yo. Una botella de malla dorada que sabía a gloria, calientico y espeso.

Rachel, la pobre, era un poco borracha, por eso no se dejaba ver, por el aliento culpable.

Dice, bueno, dicen, que iba a la iglesia, al confesionario a confesar sus pecados, boberías de mujeres, y que ponía a Ofelia a hablar como si fuera ella.

Ofelia le daba la cara al padre y contestaba y rezaba en nombre de Rachel.

Se sabía vida y milagros de la señora, por eso se pres-
taba a la farsa. Total, que no me explico esos escondrijos
de ella, porque los curas ya a estas alturas beben como
demonios y tienen el aliento más alcoholizado que Baco.

❖

Una noche Adolfo se me aparece vestido de japonesa.
Casi me tumba la puerta.

—Vamos, vístete, que ahora sí estamos en las alturas.

—Pero ¿qué pasa, muchacho?

—Rachel, vamos a casa de los Párraga, te conviene.

Cuando me dijo «te conviene» vi una estrella brillar en
el firmamento. Esos meses del verano de 1914 no los he
podido olvidar nunca. Mi amigo, un abogado con dinero, se me había muerto hacía unas semanas por una
epidemia de peste bubónica que hubo en Cuba. Me
quedé pidiendo el agua por señas. Si no es por Adolfo y
por aquella noche, mi vida hubiera tomado un rumbo
fatal.

Me vestí de gala. Yo digo de gala por no decir de reina.
Representaba unos veinte años, no más. Veinte años
auténticos. Porque hay mujeres que con veinte años cami-
nan y se adornan para lucir de veinte, y eso es un error.
A los veinte nada de excesos, nada de bisutería. Esa era
yo. Labios tocados muy ligeramente, cachetes matiza-
dos de rosa escándalo, ojos muy bien delineados en el
párpado a la manera china, rasgados y sensuales, pelo
descuidado aparentemente pero con mucho brillo, uñas
impecables, eso sí, largas y rosadas, de un rosa gris,
torso al aire con un collar finísimo de madreperla de Ve-
necia y vestido «chatrés» ajustado en la cintura y muy
desplegado abajo. Nunca me gustó llevar carteras a las

fiestas, aunque estaban de moda. Las manos deben tener su propia independencia; las carteras y los trastos (anillos, pulsos y demás), son un obstáculo; en lugar de contribuir, perjudican.

Los Párraga eran dueños de un central azucarero y muy uña y carne del presidente. Habían levantado un caserón en la calle Línea, que por entonces es como decir un meandro de río. La casa era lujosa, pero fea. Tenía aspecto de sapo: un frontil redondo, abultado, muchas columnas y una escalera lateral que daba a la terraza norte. Allí llegué luego de un paseo en automóvil. La fiesta empezó a las siete y treinta. El tumulto era horrible. Los años habían cambiado. Ya entraba más dinero en el país. Eran los inicios de la llamada Danza de los Millones, las Vacas Gordas, por darle otro nombre.

Los Párraga no me conocían a mí, pero Adolfo se las agenció para hablar con la matrona de la casa y ella, que lo calaba bien, dijo que sí: «Que venga y baile y cante y haga lo que quiera. Esta es una casa democrática. Nosotros somos amantes del arte. Tráela y veremos si gusta».

Los ricos son engreídos, caprichosos, abusan del artista. Eso lo digo sin rencor. A mí ninguno me cogió la baja, pero sí me hicieron tragar bilis algunas veces. Lo más triste para un artista es cantar o bailar en una fiesta privada. La gente, en su lujuria, no pone atención: beben y beben y de una ni se percatan. Digo que no me cogieron la baja nunca, pero sí me hicieron sufrir. Allí mismo no hice más que llegar y enseguida todos los ojos devorándome, a ver cómo se le sacaba la mejor lasca al jamón.

Yo hice lo que tenía que hacer. Canté dos o tres guarachas, bailé y declamé un monólogo de mulata que me sabía de memoria. Regaron champán y licores franceses y búlgaros. «No me oyeron, ni se han enterado, ni siquiera saben cómo me llamo.»

—No, muchacha, descuida, ya verás que sí.

El muy pícaro sabía más que una alimaña. Al poco rato se me acerca un hombre de patilla cerrada, vestido de dril cien y con olor a limpio, alto y muy meticuloso.

—Señorita, ¿me concede una pieza?

—Sí, cómo no.

Bailamos un buen trecho del salón. Bebimos, casi se me olvidó que yo venía acompañada de Adolfo.

El hombre me sacó al balcón y me llenó de halagos. Acostumbrada y traqueteada, ni le hice el menor caso. Lo más que logró fue cogerme la mano y recitarme unas poesías suyas que traía en un sobrecito de papel de china. Más nada.

Luego la fiesta siguió y yo le pedí a Adolfo que saliéramos al jardín a refrescarnos. Los Párraga me perseguían, la vieja insistiendo: «Que cante, que baile de nuevo. Niña, no te pongas así, ameniza, que la vida es corta...».

Me puso al parir. De cantar ni pizca. Una vieja de esas era una matraquilla.

Entramos al salón y ahí está él, pegado al cristal de la puerta, esperándome.

—¿Quién es ese joven?

—Mi agente.

—¿Tu agente?

—Sí, el que me orienta y me estimula.

—¡Ah!

—Rachel, quiero verte el sábado por la mañana en mi oficina. Yo soy empresario de un teatro importante. ¿Qué te parece?

Las manos se me pegaron como si tuvieran imán y no pude decirle gracias ni darle un saludo porque hasta la lengua se me endureció. Pero el otro, que estaba nada más que a lo que se caía, corrió y entabló un largo conversatorio con Federico, el empresario.

Nosotras las estrellas sabemos ser indiferentes y hasta la timidez la transformamos en soslayos. Seguramente él creyó que yo era una desdeñosa y que nada me importaban el nombre o la posición. Pero se equivocó porque allí, temblando, sudorosa, arisca, estaba viendo el cielo claro, más claro que nunca; lo que sucede es que una mujer con tino debe saber controlar sus emociones y cuando no sepa qué decir, debe callar con discreción. Lo digo y lo repito: «Muchachitas, no sean desparramadas, aprendan la lección de esta vieja que ha hecho de su vida lo que su ilusión le pidió, por astuta y por tenaz».

Pero nada, no oyen ni al pipisigallo, son brutas.

¡Al suelo todas, como las gallinitas, al suelo y hechas tierra! ¡Así las estoy viendo!

Y si no me creen, miren hacia esa juventud, esa televisión, esos programas de radio: cotorras enjauladas, voces de rana toro y cuerpo de grillo malojero. Y como si todo esto fuera poco, sin donaire, salidas del estiércol, ¡esas son las artistas de hoy!

CRÓNICA ANÓNIMA NO PUBLICADA

El rostro de Rachel era bellísimo, como ya hemos dicho, aunque más justo sería decir que era bellísimo, excepto en reposo.

Cuando permanecía inmóvil se descubría de

*pronto, con no poca sorpresa, que la nariz era exce-
sivamente larga y afilada, la boca un tanto cansada y
pueril, y los ojos demasiado faltos de expresión; en
suma: una mujer sin acabar de desbastar, trasplan-
tada de los circos de pueblo y absolutamente incapaz
de establecer la menor armonía entre las exigen-
cias de su arte, sus apetitos, sus ensueños y la rutina
de su vivir cotidiano.*

*Cada una de estas cosas era un mundo en sí mismo
y la lucha entre ellas pronto habría reducido a la idiotez o a la frivolidad a un rostro menos resistente.*

*La llamada del arte la atraía sobradamente, no obs-
tante la del amor la atraía más a menudo, por lo
menos se sabe que hasta los empresarios y los senadores de la República le enviaron perlas de cultivo y
esmeraldas colombianas.*

Reposé horas y horas. La cama se me volvió un vicio.
No salía a la calle ni para chistar. El ansia me vencía, la
urgencia por trabajar en lo mío y la espera. Esperaba
la visita de ese hombre. ¡Maldito!

El sábado, marcado con un redondel de tinta china en
el almanaque, había pasado ya; el hombre me había en-
trevistado, pero antes de ponerme a prueba, lo más difícil de mi vida, a prueba, que era como decir saltar de
la popa a la proa, me había advertido:

—Una visita a tu casa, para hablar más entre nosotros.
Tendría que explicarte las condiciones, todo no es tan
fácil, Rachel, hay otras por medio, cientos, y yo quiero
que tú pises terreno firme.

¡Cómo no me lo iba a creer! Él no me podía hacer

cuentos de camino ni pintarme turbonadas. Estaba yo más curada de espanto que el mismo demonio y nada que no fuera al pan pan y al vino vino me convencía.

Por eso le dije que sí, que fuera por mi casa cuando lo deseara, preferiblemente en horas del día porque por la noche yo salía a despejarme, con Adolfo, con la muchacha de los bajos, con Carmen, con la gallega.

Reposé inquieta, no ya horas: días y hasta semanas. No salía mucho porque los nervios no me daban. El sol, el calor, la sofocación, todo..., la espera.

Me entrené con monólogos nuevos. Peiné todos los teatros de la capital, hasta los tugurios de la plaza: adoquines mal colocados y unas plataformas que estaban casi en el suelo, esos eran los escenarios de aquellas bailarinas que yo veía, y me dolía el corazón pensar, Dios mío, pensar que yo tuviera que dar marcha atrás a aquellos infiernos.

Por eso lo esperaba así, que se me caía el alma cada vez que la puerta de la callé chirriaba o la arañaban o llegaba el Adolfito con sus ñoñerías.

—Ten calma, mujer. Ten calma.

—Me canso, ya me estoy cansando de esperar.

—Yo te digo que viene el día menos pensado. Él te recuerda.

—¿Qué te ha dicho?

—Que tú eres de temple.

—De temple, pero no de talento.

—Cállate, no seas niña. De temple quiere decir que puedes dar de ti lo mejor y que él te tiene confianza.

—¿No será aquello nada más...?

—¿Qué?

—Aquello, tú sabes, no seas zorro.

—No, Rachel, Federico tiene su mujer y es un empresario, no un chulo.

—¡Ay! Mariana Grajales, te lo suplico. ¡Que pueda yo entrar a trabajar en este teatro! ¡Marianita, te lo ruego!

Esos días de angustia me obligaron, no sé, me dijeron, coge un papel y un lápiz y escribe. No es que yo quisiera ser escritora o poetisa. ¡Qué va!, lejos estaba yo de eso, pero cogí un cartapacio de papeles y me dio por escribir unas páginas que luego se me quedaron grabadas de tanto decírmelas yo, para mí, porque ni a Adolfo le recité un solo verso.

Yo escribía y escribía como una loca y luego guardaba las hojas debajo de la mesita de noche, ni siquiera en la gaveta, no fuera a ser que alguien, algún día, las llegara a descubrir.

¿Que qué siento yo escribiendo? Qué sentía, porque más nunca he cogido un lápiz.

Pues sentía yo que el mundo era maravilloso y terrible, que estaba sola y que tenía deseos de decir cosas bellas y tristes, mi soledad, mi amor, mi arte; todo lo que yo soñaba en la vida, y el papel, el pobre, respondió siempre, el papel no me defraudó, por eso yo escribía, para llenar un vacío, como cuando ensayaba o hacía un dulce, igual.

Llené hojas y hojas y no me dio por quemarlas, no sé si porque yo soy tan orgullosa que en el fondo me parece que todo lo que hago está bien hecho por muy pobre que sea... El caso es que las tengo guardadas todavía con unos peines de carey y una miniatura de porcelana que me regaló mi tía cuando el viaje a Viena. Esos son mis recuerdos y yo los guardo porque siento alivio y melancolía cuando los toco o los veo.

Son esas cosas que una guarda y que están animadas, que la han acompañado a una y que, por qué no confesarlo, son una misma.

Me da pena hablar tanto de mí, de mis intimidades. Mucha pena, lo juro.

Versos al recuerdo

> Para mi amigo y fiel
> compañero Adolfo Estiró.

Recuerdo que allá en otros celajes
me anunciaba un ruiseñor la vida.
Recuerdo mariposas en susurro
dormir bajo mis sienes agotadas
y recuerdo el instante de dolor y olvido
en que tus manos se acercaron a las mías
para decirme adiós, hasta la vista, amor primero
que fuiste, tormento y oleaje tempestuoso que
arrancaste de tu garganta un alarido, para despedirte
solo de este mundo feroz y dejarme a la deriva.
¡Adiós amor! ¡Adiós vida!

Otro dedicado al arte y escrito un poco después. Este es un soneto o algo por el estilo. Voy a decir el primer verso y el último.

El primero: «Arte que despierta en mí la vida...»
El último: «Arte, acompáñame hasta la fosa misma».

No soy escritora, no fui, mejor dicho. Esas poesías las escribí sin haber leído nunca un libro completo de versos. Yo quisiera tener ahora una edición lujosísima que me regaló Federico a los pocos días de tratarme, la perdí en una reyerta de camerinos; una puta la cogió y se la robó. Esas son las cosas. Sin embargo, me acuerdo que era un librito azul, muy sedoso, de piel de la buena y labrado con cintas y punticos hechos en oro. ¡Precioso libro! El autor se llamaba Alfredo Musset y era francés.

Hoy es y puedo decir de memoria la primera poesía del libro, que no caía en la página uno sino en la nueve, cosa que me llamó mucho la atención.

Los versos decían:

> Toma el laúd, poeta, y dame un beso.
> Ya los botones del rosal silvestre
> se van a abrir: hoy nace en este suelo
> la primavera: inflámanse las brisas
> y va a posarse entre el follaje nuevo
> la silvia roja a quien despierta el alba.
> Toma el laúd, poeta, y dame un beso.

Luego venía la parte del poeta, porque era un dúo entre la musa y él. Si una pudiera retener esas cosas en la memoria sería maravilloso. Caminar por la arena de una playa, por el Malecón, y repetir los versos. Sería un privilegio tener una memoria así.

❉

Palabra. Palabra de hombre.
Esa fue la puerta por donde ella entró.

Y esto no es una calumnia, es la verdad en mayúsculas. Mucha obra que escribí yo para ese teatro.

Vio el camino, siguió la lucecita y entró. Supo lo que hacía. Luego le habrán cogido envidia, la habrán vapuleado, pero es la pura verdad. Yo casi diría que el Alhambra cogió la fama que cogió por ella. El sereno de la Escuela Normal sabe bien la historia. Él fue tramoyista allí. Él sabe que Rachel no es lo que la prensa destacó. Lo que pasa que hoy en día nadie canta claro, y como ella está vieja y retirada... déjenla, total, putas ha habido muchas: Clodia, Cleopatra, Julieta, Afrodita, todas ellas son de la misma calaña. Hay un verso en inglés que dice: «Birds of a feather fly together», creo que es de Shakespeare, no estoy seguro.

Me llenó el cuarto de flores. Doce días recibiendo jarras distintas: margaritas, gladiolos, claveles sevillanos, dalias; doce días que pasé al borde de la locura. Si no me quedé trastornada fue por mi entereza y por mi fe. Yo decía: «Rachel, tú no estás loca, tú lo que estás es atormentada, débil», y me ponía el índice en la nariz y lo iba alejando a ver si no se desviaba y si el pulso respondía. También cogía un vaso y pedía agua y me la tomaba sentada en la cama y tragaba y era agua lo que tomaba. Es decir, que yo estaba en mis cabales. Pero los médicos no opinaban lo mismo. Por eso pasé doce días en el hospital. Mamá y yo hicimos las paces, ella le preguntaba bajito al enfermero: «Mi niña, ¿no está mal, se salva?». Yo, oyendo aquello, pensé, nada, lo que tengo yo es una hemorragia interna, un cáncer o algo por el estilo. El único que dio en el clavo fue Adolfo, que me levantó de la cama un día y me dijo: «Ya está bueno, yo te conozco mejor que a mí mismo, levántate y anda, tú lo único que tienes es que eres una artista y sufres porque te sientes desgraciada, sin nada que te estimule en la vida. Vámonos de aquí corriendo, que esta gente te va a matar con esas pastillas». ¡Qué clarito lo vio todo!

Con esas palabras me levanté, y a las tres de la tarde estábamos esperando un coche, mamá, Adolfo y yo.

En el coche llegamos a mi casa y me entró un alivio tan grande al ver mi cuarto empapelado, mi espejo, mis flores.

Adolfo me soltó el pelo y se puso a hacerme unos bucles Recamier que ya no se usaban, pero que yo se lo soporté por la amistad, que vale más que nada en la vida...

Fui bruta al dejarme llevar por los nervios, pero si no es así no entro en Alhambra. Federico me iba a ver a mi casa todos los días, me siguió enviando flores; los vecinos en el cuchicheo: «Esta niña qué se trae, va a arruinar al hombre, le saca el quilo, pobre de la esposa», y cosas así, porque no hay peor enemigo que el vecino, ¡no lo hay!

Y total, lo único que él hacía era llenarme la casa de flores, al principio quiero decir, porque con el tiempo él se fue dando cuenta de que yo estaba soltera, por llamarlo así, y que ni el cuarto, ni la luz, ni la factura me la costeaba nadie. Entonces empezó a ser dadivoso. Todo me lo fue costeando: me regalaba perfumes, pañuelos, prendas... Me mandó a un moro baratillero con cuenta abierta. El moro me visitaba una vez a la semana y de ahí me surtía yo: sederías, paños, holanes, de todo. Me vestí de gran señora y a Adolfo, pobrecito, no le faltó nada, claro. Federico no era bobo, bien sabía él que Adolfo era mi mano derecha y mi confidente, y lo empezó a utilizar para enterarse de mi vida. Pero yo, que sé más que la que me parió, me volví una santica. Federín para acá y Federín para allá.

Lo amarré como hacen los jinetes con el caballo. Y por muchas patadas que dio no se salió nunca del ruedo. Me fue fiel muchos años. Y me parapetó en el Teatro Alhambra como a una reina en su trono. Yo lo engañé dos veces, pero fue obligada. ¡Por mamá, por mamá!

5

> Todo hombre se avergüenza de su
> rostro contaminado de sueño.

M. Youcenar, *Memorias de Adriano*

Todos estos papeles son viejos. Cualquiera tiene más de cincuenta años, más. El álbum es reciente, de entrevistas hechas después de mi retiro. Lo tengo para enseñar a los periodistas, pero los papeles, las obras, las fotos viejas, no sé, a veces me entran cosquillas y me da por cerrarlos bajo llave y que nadie se atreva, ¿para qué?, digo yo, quien los vea ahora a lo mejor no los sabe aquilatar. Por eso los cierro bajo llave.

Ya no caben en el armario, ni en la mesita de noche. Se abarrota esto de cosas: el cuarto, la casa, todo...

¡Entre los papeles y la perra y Ofelia...! Voy a mandar a ampliar ese mueble del recibidor porque es de caoba buena, de la época de Colón, le voy a hacer unas repisas arriba para meter las obras y los recortes. Las fotos no, esas van en la caja y en las gavetas de la mesita de noche. Esta de 1913 es fea porque ha perdido el brillo. Esta amarillenta ya es la que más me gusta, aquí estoy tal como soy yo, alegre y salpicona, ¿no es así? Odio esta de grupitos, siempre hay entrometidos: el de la derecha es Federico, el de los espejuelos de aro; esta es Luz, ¡qué jovencita se ve!, y esta es la Trías, una mujer muy linda y muy completa en su cuerda.

Yo estoy verdaderamente fea aquí, tengo cara de jutía, no soy yo, ¡qué va! Las fotografías es mejor romperlas o quemarlas. Mamá fue la de la idea de coleccionar. Costumbre de europeos viejos.

Aquí sí estoy bien: la malla un poco ceñida, pero es mi viva estampa. *Carne fresca,* ¡quién se acuerda! Así se llamaba la primera comedia que hice en Alhambra. Un hombre sicalíptico, lo dice todo. Estos son los libretos de puño y letra de Federico. Voy a leer unos diálogos de la primera escena. Ya verán ustedes qué obra. Talento y chispa, cosas que hoy no tienen los dramaturgos.

Bueno, haré un esfuerzo para que me salga bien, pero los años son los años y no pasan en balde: a lo mejor me falla la memoria o me salto un bocadillo, cualquier desliz yo pido que ustedes me lo perdonen y ojalá no se aburran.

—Ofelia, tráeme esa silla y enciende la lamparita del comedor.

Estamos en un gran baile de disfraces. Música, polichinelas, arlequines, faunos, centauros, simples mascaritas, remeros, nereidas, vampiros, todo lo que es una fiesta de máscaras.

Muy alumbrado el salón, amplio, y con dos lámparas araña colgando del techo.

Entra una pareja que son Alberto y Rosita.

Vienen vestidos sencillamente, ella con un antifaz y él con otro.

Alberto es gallardo y joven; Rosita, su mujer, es joven también pero muy fea. Empieza el baile y cada uno sale a buscar su pareja.

A un lado del salón descansa un joven muy elegante que fuma en boquilla larga y nacarada. Se llama Teodoro y ha entrado de incógnito a la fiesta. Es un altanero —un dandi, diría yo—. Todas las muchachas lo miran discretamente pero él como si nada. Ni habla. Se levanta, pasa las manos finas por el piano de cola y suelta una bocanada de humo.

Alberto y Rosita han bailado la primera pieza y ella se tira en el diván a descansar y a abanicarse un rato.

Teodoro aprovecha y se dirige a Alberto:

TEODORO: Seguro que no me recuerdas.

ALBERTO: Si tuviera que mentir, no podría.

TEODORO: Haz memoria.

ALBERTO: Por mucho que usted insista, no lo conozco, caballero.

TEODORO: ¡Traidor, mentiroso, salgamos de aquí! (*Se dirigen al jardín.*)

Salen apresurados. A Teodoro le tiemblan los labios. Alberto presto va a un encuentro mano a mano.

El jardín se llena de luciérnagas a gusto del escenógrafo.

Teodoro le da un beso a Alberto en los labios y le vuelve a hacer la pregunta.

TEODORO: Dime ahora que no sabes quién soy.

ALBERTO: Magdalena de mi alma, ¿qué haces aquí y en esa facha? Por el amor de Dios, si nos ven.

TEODORO: Te amo, Alberto, he venido a buscarte. Sabes que hago lo indecible por ti: me vestiría, no digo yo de hombre, de ramera, de gitana, cualquier cosa por poder estar a tu lado un instante.

ALBERTO: Magdalena mía, el amor que me brindas es inmerecido. Mi cabeza está podrida y mis esperanzas muertas. Soy un río que acumula todas las excrecencias del hombre. Aléjate, mis aguas turbias ya no pueden purificarse en ti. Es demasiado tarde.

TEODORO: (*Con pavor y llevándose las manos a la cabeza.*) No, amado, hay tiempo todavía, la noche nos espera, «huigamos» de este mundo mezquino.

Se besan desesperadamente. Las luciérnagas van apagando su luz trémula. Hay un silencio y después un grito de horror:

—¡Maldición! ¡Engaño! ¡Te mato, traidor!

Es Rosita que, al descubrir la escena, grita para desahogarse. Cesa el baile y los dos amantes, ya en medio del salón, son agredidos por indecencia pública. Rosita, desmadejada, pide que la quemen en la hoguera.

Teodoro, las manos en alto, suplica al público un minuto de silencio.

TEODORO: Un malentendido, un malentendido.

Alberto le pide que se descubra y Teodoro empieza a quitarse las piezas ante los ojos aterrorizados de los invitados al baile de máscaras.

Queda completamente desnuda Magdalena de Maupin. Los cabellos rubios le caen suavemente por los hombros, el pecho al aire se proyecta con gracia y van así apagándose las luces del escenario hasta quedar la joven y bella Magdalena de Maupin, caracterizada por una servidora, en un oasis de luz, bajo el estruendoso aplauso del público de Alhambra. Ese fue mi estreno. ¡Díganme ahora si no entré por la puerta grande!

❖

La señorita Maupin que pase.

Y ella desfilaba, con su malla color carne y su pelo rubio tocándole la cintura.

En aquel coro de abuelas, Rachel era una niña mimada.

La señorita Maupin, y yo abre y cierra telones.

La señorita Maupin... y al fin volvía a salir, insinuaba los senos y ese era el «ancor».

La señorita Maupin, pero ella como no cantaba...

RACHEL «EL BIBELOT»

El otro día fui presentado a ella, honor que me permitió conocer de cerca a la nueva estrellita de Alhambra, por quien he sentido siempre mucha simpatía.

Rachel, que está en el apogeo de sus facultades, es el alma de Alhambra, trabaja con gusto exquisito y cuando canta, su voz hace olvidar las penas de la vida.

Yo, que voy de tarde en tarde al teatro, seré en lo adelante un asiduo concurrente al simpático Coliseo de Virtudes.

Tiene una cualidad muy bien esta artista, poco común entre la gente de la farándula, y es que trabaja con el mismo gusto aunque solo haya en las lunetas cuatro espectadores.

Con mucho placer le dedico estas líneas y le deseo mucho éxito en su difícil tarea artística.

NOLO DE LIN
EL TEATRO ALEGRE, REVISTA SEMANAL
LA HABANA

No hice más que poner un pie en aquel tablado y todo
lo empecé a ver al revés. Como si me hubieran cogido
por el pelo, así, y puesto de cabeza. El mundo para mí
se hizo más complicado o más completo, un mundo que
más que un mundo era un rompecabezas.

Antes yo no había tenido experiencias como las que
tuve en Alhambra. Allí me pasó todo. Era un hervidero,
en eso estaremos de acuerdo siempre, no hay que hacer
de aquello una fantasía, pero en ese hervidero se ganaba
en todos los sentidos.

A mí, que conocía de la vida lo bueno y lo malo, que
ya no era una chiquilla, no me transformó hasta el punto
de hacerme distinta, pero sí me abrió más los ojos ante
la vida, ante el arte y ante ustedes, los villanos, que esa
es la lección más útil que puede aprender una mujer.

Desde que llegué, puedo decir que desde el primer día,
yo fui la niña mimada de todo el mundo, menos de las
cacatúas. Esas me prepararon la guillotina, pero en
vano, fue totalmente en vano, porque mírenme aquí con
mi cuellito de nácar, con...

Los muchachos me llevaban flores al camerino: médicos, abogados, autores, una banda que tenía yo y que
llevaba mi nombre. Había que oír a Luz: «¡Miren, esa es
la pandilla —ella no decía los simpatizantes, los admi-
radores, nada de eso, *la pandilla*— de Rachel!». Lo decía
con rabia, con celos de los peores, porque ella, bella y
todo, nunca reunió tantos hombres, le faltaba simpatía
y donaire. Los mexicanos son así: de sangre gruesa. La
cubanita no. Esa se cuela por el ojo de una aguja. Tan es
así que puedo decir con la boca llena que la mayor parte
de las obras que Federico escribió después de la época de
mi aparición fueron hechas especialmente para mi

cuerda. Y eso sí es un privilegio. No es igual, digo yo, representar una obra en abstracto, que lo mismo es para una gorda que para un hueso, que una que va dirigida a una voz, a un estilo, a un cuerpo. No es igual. Por eso yo me puedo dar con un canto en el pecho. En tal obra había una reina, esa era yo; había una aristocrática, esa era yo; había una sexual, esa era yo, y así, yo, yo, yo, ¡todo menos la guajirita boba o la señora de su casa, la recatada, de croquinol y vestiditos estampados!

Alhambra era una escuela de señoritas. La que entraba allí salía graduada de mujer. En otros tugurios de La Habana las muchachas perdían los estribos, se ponían a putear enseguida, enseñaban los muslos en los primeros programas, no les calentaban la cabeza a los hombres, se volvían loquitas y rompían el encanto.

Por eso, porque conocía esos teatros, donde no había nadie que supiera dirigir, fue que me entusiasmó entrar en Alhambra. Los empresarios allí cuidaban la moral, hasta donde les correspondía, por supuesto. No dejaban que las coristas recibieran en los camerinos, a no ser que fuera un hombre muy acaudalado o un político. Había que decirnos señora o señorita. Nada de oye tú, esta niña, nada de eso.

La moral era la base del éxito de una figura de Alhambra, igual en un caso como el mío que en el de una corista de tercera.

El punto clave, por lo que yo digo que Alhambra era una lección, fue la política. Todo lo que reverberaba en el país pasaba por Alhambra. Que un asesinato escandaloso: allí iban Fulano o Esperancejo y escribían un libreto; que un golpe de Estado, que se querían robar la isla los americanos, que si un bandolero hacía de las suyas, y así. Ese era Alhambra. Como digo yo: un colador. Además, se amaba el clásico. La vida de los griegos en Atenas, de los romanos, la batalla de Waterloo, los amores ciegos como Abelardo y Eloísa o Romeo y Julieta, la pasión por el automóvil, los celos, todos los sentimientos de una persona culta, se reflejaban en las obras de Alhambra. Por eso se aprendía tanto y de primera mano. Allí no queríamos mujeres torpes. Pizpiretas, canallas, con su salsa, arrogantes, eso sí no estaba mal visto, pero una cabecita sin luz, para la calle en dos segundos. Una artista de Alhambra tenía que estar al día y tener sus facultades muy claras. Si no, fracasaba. Fracasaba porque los autores decían: «Ustedes tienen que estar a nuestro nivel, lean e interpreten, no aprendan las cosas de carretilla». Y eso era lo que yo hacía, que a una obrita hasta me atrevía a criticarla y darle un sentido distinto. ¡Qué atrevida!, ¿verdad?

Pero eso fue lo que me puso de tú a tú con los escritores. Podrían decir: «Rachel ha sobreactuado», «Rachel exagera», pero nunca ninguno dijo: «Rachel no comprendió el libreto». Eso jamás.

En *Madame Maupin* yo, al principio, por falta de experiencia, seguí los diálogos al pie de la letra. Pero en ocasiones posteriores le agregué toda la morcilla que me vino en ganas, elevando la obra, haciendo de aquel libretico una obra de calidad.

Ya me voy a lanzar, y eso tiene que ser secreto, voy a decir una cosa que podrá ser calificada de herejía. Las artistas de Alhambra, yo en particular, hacíamos las obras, las enriquecíamos. Nosotros éramos la levadura y gracias a eso triunfaron los autores, que a veces lo que escribían era una mierda más grande que el mundo. Eso tengo yo agallas para decirlo. Pero mucho cuidado, porque me entran a palos y ya estoy vieja.

Bueno, ¡qué carajo!, la verdad siempre «alante».

CÉSAR OCAMPO, EL TEATRO ALEGRE, LA HABANA

... y después nos dirán «indios con levita», cuando hemos demostrado que entendemos lo que es arte sacando triunfadora a Rachel.

Las miserias del teatro, esas que forman la comedia representada de bastidores, no han hallado eco en Rachel, que parece haber pasado siempre por las envidias mal disimuladas como el ave del poeta: «sin que se haya manchado su plumaje».

Para la triunfadora de ayer, hoy y mañana van estos renglones que me he permitido traducir del libro de la realidad.

Ya más o menos equilibrada decidí mudarme del cuartico. Federico apoyó el plan. Los vecinos ya no nos dejaban vivir. Nos echaban brujería en la puerta: pollos, plátanos burros enlazados con trapos rojos, kilos prietos, ¡el mundo colorado!

Nos mudamos o, mejor dicho, me mudé para la calle Campanario, a unos altos frescos que daban al mar. Yo miraba y me hacía la idea que viajaba en un trasatlántico. La Habana era muy linda, más linda que hoy, porque había placidez. El mar frente a mi casa, las olas, el Morro cerca, el muro del Malecón, los vendedores de maní, chinos casi siempre; mi Habana de noche era una feria. Caminar, caminar era lo mío, mi *hobby*, nada de coleccionar sellitos, ni muñequitas de *biscuit*, eso siempre me pareció una idiotez. Caminar hasta el agotamiento y conversar con los amigos. Una conversación de amor vale toda una vida. Es lo que extraño, por mamá; mi vida ahora no tiene ya ningún sentido. Estoy triste, sola, aturdida, ¡ay!

Pero todo esto es caer en un precipicio. No. Yo soy una mujer de temple, no soy dramática, ya lo he dicho y lo repito. Soy una mujer que sabe siempre salir a flote. Como las boyas, que vienen los muchachos y las hunden y ellas, ¡paf!, suben otra vez.

Iba diciendo que me mudé. Pues sí. La mudada me estimuló. Federico mismo me ayudó a cargar las miniaturas y un que otro baúl. Ya estaba bien plantada en el teatro y decía yo para mí: «Mamá y Adolfo verán ahora el cielo lleno de colores. Bastante jodidos están, han pasado las de Caín y yo tengo el deber de ayudarlos». A mamá la llevé conmigo. La vieja se adaptó a mis manejos. Pero Adolfo no quiso venir. Cuando me dijo que no, se me enfrió el cuerpo.

Él tenía su vida independiente y yo se la respeté. Le di dinero y lo seguí viendo por las noches en los aires libres del Prado.

Adolfo tenía allí una amiga que tocaba el contrabajo en la orquesta de las hermanas Álvarez. Era bajita y él, por caridad, la ayudaba con el instrumento. «Ya tú eres un lince», me decía. Quiso dejarme sola porque era tan celoso que no perdonaba a ningún amigo mío. Pero a lo que voy, el día más negro de mi vida fue el 13 de agosto de 1916. El trece, que es de por sí un número macabro.

Me puse a colocar el mobiliario: dos o tres tarecos que tenía yo, el espejo griego antiguo, el armario, el secreter, dos o tres boberías. Y por idiota, por verraca, tumbo el espejo con el palo de trapear y se me hace añicos la luna. Inmediatamente sentí que el cuerpo era un pedazo de hielo, las manos se me pusieron tiesas y lloré de horror como una histérica.

Yo no soy muy beata, pero tengo mis creencias: soy supersticiosa. Y al ver caer aquel espejo en el suelo hecho polvo dije: «Con ese sino que tengo, aquí muere alguien». Esa noche no dormí, a mamá no quise asustarla, pero yo no dormí.

Sentía que de un momento a otro venía la noticia. Cerraba los ojos y era peor. Al fin me tocan a la puerta, a las tres o tres y media de la mañana. Me levanté y respiré fuerte para coger energías.

Llegué a la puerta con el corazón a la boca. Abrí:

—¿Usted es la que trabaja en Alhambra?

—Una servidora.

—Perdone la molestia, señorita, pero tengo que decirle una cosa.

—Diga usted.

—Adolfo está gravísimo en Emergencias.

—¿Un accidente?

—No, Rachel, le entraron a puñaladas. No se sabe quién. No se sabe.

—¿Y vive?

—Ya le dije que estaba grave.

Aquel grave me sonó muy feo. Las piernas se me aflojaron y con la misma volvieron a coger fuerzas. Yo soy así, en la tragedia me impongo.

Cuando llegué al hospital vi que por la puerta de atrás sacaban a un cadáver en un cesto. Me acerqué al automóvil y le pregunté al hombre:

—Un muchacho que murió apuñaleado —me dijo.

Todo lo costeé: funeraria, tendido, ropa... Le tapé los ojos y lloré porque había perdido a un hermano. Pero esa noche hice función, así y todo. Desde luego, cuando terminé de trabajar yo no era yo, era un guiñapo humano, estaba totalmente desconsolada.

La muerte es una perra, ¿verdad?

Hemos vivido en la boca del lobo, en una cueva de gánsteres, en un hormiguero. Nos hemos salvado de milagro, pero ha sido así. Yo no puedo evocar una infancia alegre. No me quejo, pero tampoco puedo decir como algunas: «Ay, mi casa, ay, las fiestas, las piñatas, los paseos, el coche, etc., etc., etc.».

Para nosotros la vida hubo que trajinarla. Por eso nada se nos escapa, ni lo bueno ni lo malo. Estamos curadas de espanto.

No todo en Alhambra empezó bien. La prueba primera fue de fuego. Tuve que demostrar que yo era una primera figura y que no hacía concesiones. Blanca me ayudó porque ella llevaba algunos años allí. Era más bien doméstica, una artista de gran público pero sin atractivos personales.

Nunca intenté opacarla. Ella a mí, sí. Cuando vio que yo era yo, me dejó de aconsejar, no me hizo daño pero nos enfriamos. Ya yo tenía mi público y eso no lo tragan las otras tan fácilmente. La única artista pura, desinteresada, fiel, la única humana, era yo. Pero así es, me pagaron bien mal, bien requetemal.

Llegando a Alhambra se desata una banda de gánsteres en La Habana. La banda se cuela en el teatro y empieza a hacer de las suyas. ¡Qué infortunio! Ni que yo hubiera arrastrado la mala suerte. Todos los días un ajetreo distinto. A botellazos, a trompetillas, a chiflidos, así acababan las funciones. A las que eran muy malas, para desprestigiarlas, les tiraban calderilla. La calderilla era símbolo de lo más denigrante. Las bandas se llamaban de pieles rojas, no sé por qué el nombre, pero me imagino que era por los indios aquellos de las primeras películas que descuartizaban, que tiraban flechas envenenadas, todas esas maromas. El caso es que los pieles rojas y yo siempre estuvimos de plácemes.

Un piel roja que por lo general era un vendedor de periódicos o un limpiabotas o chulo de mala muerte, llegaba y se ponía de acuerdo con una artista. Por ejemplo: «Dame tanto y cuando tú salgas a escena recibirás el aplauso de más de treinta de nosotros». Si la artista era gris, tenía que darle el dinero para que la aplaudieran. Así era el soborno. Y si la fulana no pagaba o no quería entrar en el negocio, la esperaban por la puerta de desahogo y le picaban una nalga como el que corta un flan de leche.

Muchas perdieron su lasca en esos ajetreos. Pero a mí, repito, jamás me molestaron. Nosotras, Blanca, Luz y yo, no necesitábamos de los pieles rojas. El público nos aclamaba con júbilo. Salía yo a cantar una guaracha y aquello se venía abajo. Con Blanquita lo mismo y, de Luz, ni hablar. Pero una mendiga que empezaba no podía recurrir al alma del público, tenía que conformarse con el soborno, si es que quería saber lo que era el aplauso. Yo considero eso una vejación, pero hay de todo en la tierra del Señor, de todo.

Una noche —ya los pieles rojas se habían apaciguado porque la policía los andaba cazando con *black jacks*— salgo de lo más contenta a la tanda de once. Me puse linda, lindísima, y salí. Inmediatamente, la ovación. Bailé y canté una guaracha del maestro Sánchez de Fuentes que me salió al dedillo. Encendieron, apagaron, abrieron el telón, cerraron, bueno, un público enfermizo casi. Yo excitaba a los hombres de qué manera, lo digo sin pudor, pero a todas estas siento que me cae una calderilla en la entrada misma de los senos. Casi cambié de color. Miré al público y vi que todo el mundo se había dado cuenta. No atinaba qué hacer. Sudé frío. Por fin, muy delicadamente, me extraje aquella humillación de los senos y, como el que tiene una gardenia en la mano, besé la calderilla y la devolví al público.

Fue histórico aquel gesto mío en Alhambra. La guaracha la tuve que cantar cuatro veces, con mil variaciones que me salieron espontáneas, movidas por el aplauso. En el teatro me decían la golfa, la pilla, la inteligentuda. Yo di una lección sin tener aquella experiencia, aquella picardía, sin entrar de lleno en el juego de la maldad, porque nunca fui yo otra cosa que una niña grande en todo aquello.

Dice un poeta que los artistas somos niños grandes y esa es una verdad como un templo. Somos niños grandes: nos dejamos llevar por la inocencia, de ahí que el triunfo no signifique para nosotros vanagloria, egoísmo, nada; estamos dotados de eso que se llama ángel, y con eso nos morimos. Y no vengan a decirme ahora que la carrera de una artista termina cuando se retira. Ser artista no es pararse en un escenario a cantar, es sentir distinto a los demás, amar con pasión, odiar con pasión, sentir, que es tan extraño en la especie humana. Eso es una artista legítima. A mí nadie tiene que venir a colocarme en un pedestal; agradezco a los periodistas su atención, su cordialidad, pero nunca descubrieron nada nuevo. El artista que hay en mí lo hubo siempre, lo habrá hasta en la otra vida, porque yo digo que voy a enseñarle la pulga a los angelotes. ¿Ustedes no creen que yo pueda introducir el cuplé a la diestra del Señor? ¡Con tal de que no me mande al purgatorio!

PERIÓDICO LA LUCHA, FEBRERO, 1924

—*¿Cuándo empezó en el teatro?*
—*De niña, era yo casi una niña.*
—*¿Qué es lo que más le gusta en la vida?*
—*Amar con pasión es lo más grande que hay. Luego la buena música, los perfumes; todo lo demás es secundario.*
—*¿Si no fuera usted Rachel, quién le gustaría haber sido?*
—*Francesca Bertini, Isadora Duncan o yo misma en París.*
—*¿Cuál es su piedra predilecta?*
—*El ónix y la calcedonia, que no he visto nunca, pero que es la de mi signo zodiacal.*
—*¿Su color?*
—*El color del cielo a las siete de la tarde. Un rojizo pálido.*
—*¿A qué aspira en su trabajo teatral?*

—A que mi público me reclame. Y a vivir de mi arte, decentemente, sin necesidad de pedirle un favor a nadie.

—¿Quién es la persona que más ha influido en su vida?

—En mi vida han influido tres personas. Mi madre, un amigo que fue como un hermano para mí y mi marido Federico, porque me ha ayudado a levantar la cabeza.

Bueno, él no fue nunca el hombre que me hizo feliz. Nunca. Estar con él era para mí un placer social, me estimulaba muchísimo pero no me daba gusto. Muchas veces tuve que hacer de tripas corazón para irme a la cama con él. Otras no, porque como a los dos nos gustaba salir después de las tandas y darnos unos tragos en las marquesinas, ya cuando íbamos a hacer eso era en estado de embriaguez.

Entonces yo no sentía nada, él me tocaba, se revolcaba, me mordía y yo como si nada. Mujer que soy al fin y al cabo.

Allí iban muchos que eran de verdad buenos tipos, hombres de juventud, trigueños, acicalados: eran mi perdición.

Federico, de tan habituado a verme con los muchachos, no me celaba. Él fue inteligente en todo momento. Si no yo le hubiera dado calabazas. Pero supo comprenderme. En el fondo yo lo quiero todavía, sin lástima, pero sí con un poco de culpa de mi parte. Una vez, y esto que no se sepa, por Dios, llega un muchacho lindísimo, inteligente, a mi camerino, y me dice: «Rachel, acepta esto».

Me regala unos ramitos de nomeolvides y vuelve y vuelve. Ya me tenía loca. Si no llego a tener algo con él me desquicio. Estudiaba medicina y se llamaba Pedro

Carreño. Federico se da cuenta de todo el enamoramiento mío; yo estaba fría con él, no le hablaba, casi no podía concentrarme en mi trabajo, no hacíamos nada en la cama; hasta una noche, que salí como una loca al escenario y hasta perdí la pauta de la obra con tal de mirar para las primeras filas a ver si Pedro estaba allí, como en efecto fue: estaba en la cuarta fila.

No hizo más que verme y me tiró un beso. Al terminar la función, Federico me fue a ver y muy discretamente me dijo que él se iba solo para la casa, que me dejaba porque yo necesitaba algo que no era su compañía precisamente. Le di un beso en la frente y le dije con tristeza: «Gracias, mi vida».

El muchacho me estaba esperando fuera. Me abordó enseguida y me regaló un botón que tenía en el ojal. Yo misma le dije: «Vamos». Tenía el diablo metido en el cuerpo. Nunca gocé tanto acostándome con un hombre. Él olía a colonia y yo, perfumada también. Aquello fue el acabose. Primero nos besamos con ternura, como empieza todo. Luego recuerdo que él me pidió que me quitara la blusa. Yo no me la quité y él vino y me fue desabotonando. Cuando una ama, se pone nerviosa siempre, por mucho mundo corrido que tenga. En ese momento me dieron ganas de llorar porque yo había logrado un deseo muy grande.

Me quedaron marcas en todo el cuerpo, pero me desahogué. No hay nada en la vida que pueda producir más placer que un momento así, de lujuria. Luego nos vimos varias veces y también hubo acaloramientos, pero nunca, jamás, como esa noche.

La juventud es un tesoro. Y dos jóvenes en una cama, con pasión, valen toda la vida. No comprendo a las solteras, ni a las viudas, que se quedan solas, ni a las monjas, ni a los mismos curas. Jamás los comprenderé. Para mí son seres anormales, truncos. ¡Ay, hombres, cómo los necesito!

Anoche volví a tener la misma pesadilla del otro día. Es un niño vestido de blanco, bajito y más bien grueso; no se le ve bien claro pero debe de ser bonito porque tiene los ojos verdes, que es lo único que aparece como si se le salieran de la cara. Al principio me daba mucho miedo. Ya no. Ahora me concentro y dejo que él pase. Recorre todo el cuarto, va como flotando, y lleva unas hojas de papel en la mano con notas musicales. Se me acerca, después de haberle dado tres o cuatro vueltas a la cama, y me entrega las hojas. Luego me levanta el pelo de la frente y me da un beso. No es que el niño esté enamorado de mí, porque es niño y ellos no están en eso, pero cuando me besa yo me siento feliz. Es un beso puro. No lo puedo entender. El final es que yo lo llamo:

—Niño, niño de blanco, niño.

Pero él no me oye. Se va y yo me despierto. Eso lo sueño a cada rato. Y ya no le tengo miedo al niño. Peor están los que sueñan con murciélagos, con accidentes, con negritos congos. Yo no. Yo sueño con un niño puro. Quisiera que alguien me interpretara este sueño. No creo que la muerte venga así, de niño, de blanco. La muerte viene...

Allí no había una verdadera actriz. Ella hacía sus esfuerzos, pero en vano. No sé si porque yo he visto mucho teatro en escenarios de otros lugares, pero lo que es ella, Rachel, para ser sincero, era una buena hembra,

no una artista. Nosotros estábamos cuando eso en la cuestión de los libros y las tertulias de café, y nos pasábamos la vida en la ópera, en los espectáculos dramáticos; vimos a Caruso, las películas de Francesca Bertini, Tita Rufo, todo lo que brillaba. Al Alhambra había que ir para pasar un buen rato con lo burlesco-lúbrico, como decía Benavente.

Sin embargo, yo nunca consideré aquello un teatro en el sentido del trabajo dramático. Rachel era muy bonita, pero siempre me pareció que estaba media loca. Una vez, por los años veinte, ella hizo una obra que, si mal no recuerdo, se la escribieron especialmente. El papel protagónico era de ella y representaba a una mujer que por haber perdido a su hija de brazos se había quedado loca y bebía hasta la saciedad.

Era lo que Galarraga y toda aquella pléyade de autores llamaban una comedia trágica. La loca salía con unos sayones negros, abría los brazos, empezaba a delirar, y se llevaba una botella de ron a la boca. Paseaba todo el escenario sola, tambaleándose y mascando vidrio. Luego decía lo que iba viendo, como un repaso: caballitos de madera, murciélagos, un gran buque, muchas flores amarillas y rojas, y ese era el monólogo que Rachel hacía noche tras noche. Tuvo mucho éxito de público, esa es la pura verdad. Pero ni así. A mí me pareció siempre una astracanada. Ella era ella cuando hacía la vampiresa, la pilla, la femme fatale, yo no la pude digerir nunca en papeles serios.

Ahora, si dejan a Federico, hubiera hecho de ella una Sarah Bernhardt. ¿O será que yo soy demasiado exigente?

❖

Entre Federico, mi vieja y el teatro, la política me tuvo que entrar a empujones. Mi vieja era una seguidilla: «La Chambelona, Menocal, la muerte el fulano o ciclanejo... Niña, cuídate, que en esa pocilga hay malas pulgas, no dejes de votar en las elecciones, no hables lo que no te corresponde, no te comprometas. Ay, Grau, qué santo eres», y así. Federico lo mismo: «Vida, tú sígueme en cuestiones políticas, sonríele al senador tal o más cuál, no te sobrepases en las obras de sátira social», y el teatro, que en los años veinte era casi un antro de politiqueros... En esa vorágine tuve que aprender a empujones todo lo relacionado con la vida política de Cuba. Puedo hablar un poco, pero sin detalles. Lo que yo cuente será por arriba. A mí la política me llegó, pero nunca fue la pasión de mi vida.

Yo digo que una mujer en política es como un hombre cazuelero. Se pierde lo genuino del sexo, una se transforma, ya no en una; los trajines de una mujer deben ser otros: la casa, el amor al hombre, el arte, tocar el piano, saber hacer un dulce, bordar, ser amable, esa es la mujer. Yo no he seguido mucho esas... cómo decir, tradiciones, porque mi carácter fue siempre otro. Soy un poco masculina en el buen sentido de la palabra. Si hubiera podido ser aviadora, lo hubiera sido con gusto: tirarme de un paracaídas a una altura de quince mil metros, sentir ese vacío y luego tocar tierra. Ese ha sido un sueño que nunca he podido realizar. Sé que es una misión para los hombres, pero a mí me arrebata. Una vez estuve yendo al cine toda una semana para ver en el No-Do, el noticiero de las aventuras, a una mujer chiquitica que parecía un *jockey* lanzarse de un paracaídas leyendo un libro.

Ahora la política es más burda: los rencores, las venganzas, el odio entre partidos. Si la política fuera honesta y clara, a lo mejor yo hubiera sido gobernadora o algo así. Pero siempre vi mucho gato encerrado y me alejé. En Alhambra hice mis obras satiriconas, me metí con senadores, alcaldes, presidentes, pero era en broma, con un fondo de cizaña, pero siempre en broma.

La política nos ha abrumado; estamos condenados a la sangre; este es un pueblo abatido, con un fondo trágico, pero con un carácter alegre. Por eso en el teatro lo cubríamos todo. Nos burlábamos de los políticos, de sus mujeres: la Fulana de tal, la Fulana más cual. Todas fueron «perlas», mujeres brutísimas que llegaron a primeras damas sin saber un solo idioma que no fuera el suyo, y malamente. La de Zayas salió del barrio de Colón, era la más democrática. La de Grau fue su querida durante muchos años, tarreó a su hermano para llegar a la presidencia. Cuando salió de Palacio le tiraron un cubo de agua y por primera vez se le oyó decir, desde su máquina: «Maricones, desgraciados». De la de Prío, el mundo entero sabe que le decían «el tintero» porque allí todo el que quería iba y mojaba. Y la última padecía de una enfermedad en que la gente crece y crece según hace más y más daño; ese era el mal de ella.

Si yo hubiera sido primera dama en este país, lo juro, lo primero que hubiera hecho es pararme en el balcón de Palacio, coger un micrófono y empezar a llamar gente: «Tú, ¿qué quieres?, ¿y tú?», y así hubiera arruinado a la República, pero nadie iba a quedarse sin una ayuda. Al manco, al paralítico, al muerto de hambre, a todos les iba a llenar los bolsillos con el tesoro del país, porque yo no creo en parquecitos, ni en grandes edificios, que cada cual con su bolsillo hiciera lo que quisiera, se pagaran sus enfermedades, sus males.

Seguramente no hubiera durado más de tres días en la presidencia, pero qué bien me hubiera sentido y qué recuerdo tan bueno se iban a llevar de mí. Esa habría sido yo como primera dama.

En Alhambra me desquité mucho. Inventé morcillas para desprestigiar a los politiqueros y vengarme. Los años ya venían ardiendo y había que cuidarse de no caer en una trampa. Todo el país estaba revuelto.

Mucho dinero en la calle, para los ricos, y mucha hambre para los pobres. Los teatros se llenaban a tope. Iban los que podían meterse las manos en los bolsillos. Los que no, se quedaban con la miel en los labios.

La Habana fue siempre una plaza apropiada para los espectáculos. Yo no pude ver mucho, por mi trabajo. Pero conocí a los grandes, me rocé con ellos: nada de verlos de cerca, los alternaba. A Caruso, por ejemplo, lo saludé una noche a la salida del Teatro Nacional. No pude decirle nada. Nos miramos solamente. Yo lo entendí todo, pero él era muy viejo. Tenía las manos gorditas. Caruso fue el ruiseñor del mundo. Después no ha surgido nada mejor en su género. La envidia de los elementos hampones le hizo sufrir un gran bochorno en Cuba, el pobre. Cantaba muy lindo, aunque aquí se le fue un gallo en *Payaso* y la gente lo chifló; el gallinero, porque yo estaba allí esa noche y aplaudí con toda mi alma aquel esfuerzo de aquella voz privilegiada que no era humana, porque alcanzaba un registro sobrenatural y tenía vibraciones de querubín.

Caruso lloró en Cuba y toda Cuba lloró con él. Así es mi país de sentimental. Luego le pusieron una bomba, ya para rematar, y el gran divo, primerísima voz del mundo, tuvo que salir corriendo vestido no sé si de payaso o de príncipe por todo el Prado. Corrió del susto como si le hubieran encendido el fondillo con potasa. Lo que se formó allí fue una rebambaramba. Las mujeres halándose los pelos, los hombres también sofocados... Caruso no se merecía eso. Él era ajeno a la política. Y en esos años Menocal era el gendarme aquí. La gente se quejó mucho. Pero el bombazo no hubo quien lo evitara.

A eso se refería la Bernhardt cuando nos dijo «indios con levita». Muy elegantes que somos para algunas cosas, sí señor, muy delicados, pero para un papelazo como ese no tenemos precio. Algunos artistas fuimos a darle un desagravio, que él agradeció porque era un hombre sencillo, noble.

La política tiene esas cosas. El que se mezcla se ensucia las manos. El que no se mezcla tiene que pedir el agua por señas. En aquellos años había que montar el cachumbambé: eso es un saltico para arriba y otro para abajo. Si no, se perdía una la vida que, para lo poco que dura, no digo yo si vale la pena el cachumbambé. Lo triste es desterrarse sola, como muchas que empezaron, porque vivían con un senador o un concejal, a votar, a defender al presidente como si fuera el papá y, cuando la cosa se ponía dura, ahí iba la chiquilla pobrecita a pedir que la ayudaran. Una, que había sido primera figura ya, lo que pedía era trabajar de corista. ¡Qué brutas esas mujeres! Si hubieran tenido un poco más de luz natural no hubieran dado tantos traspiés.

La política tiene esas cosas. Pagan justos por pecadores. Y ellas fueron las víctimas de los tigres aquellos; de blanco, con sombrero de pajilla, bastón de granadillo, empuñaduras de plata, mucha labia, pero tigres. Por eso, yo de lejos con ellos. Que venía uno a ofrecerme villas y castillas, y lo primero que yo hacía era subirme el escote. Y si podía les daba la espalda. Nunca quise compromisos con ese tipo de hombres.

Acepté regalos, claro, pero los que venían anónimos. Cuando al otro día me traían la tarjetica con el nombre del dadivoso, yo me insultaba y la hacía trizas: así no me podían culpar de conocer a mi pretendiente. Y todo eso porque ellos detrás arrastraban un fantasma: la política.

Cuando el cambio de la moneda, la cosa se puso negra. Hubo muertos del corazón, los blandos y otros que se quedaron sin habla para el resto de sus días. Fue un *shock* muy grande para el cubano. Yo recuerdo las caras tristes de los millonarios. La Habana vacía, sola. Nos cayó una plaga de penas.

En Alhambra estrenamos una obra que hablaba de eso... Lindos telones llenos de monedas, de cajas de caudales, de signos de pesos; la escenografía de un verdadero coliseo. ¿Y el juego de luces? Ah, qué decir de los tonos: el azul, el lila, el malva, el magenta, el naranja, el verde, el ocre para las escenas de playa. La escenografía de un verdadero coliseo. Yo salía de níquel. Hacía de pillo de playa. Ese papel a mí me quedaba pintado. Era ligero y fuerte a la vez. Me recogía el pelo, me ponía un par de pantalones guarabeados y huecos en las rodillas, y a hacer maldades. Yo me sentía un pillo auténtico en el escenario. Sin decir una sola palabra llevé a la gente al aplauso cerrado. El pillo, vestido de níquel, corría por el Malecón con una cesta de pescado en la mano y cuando pasaba un ciudadano lo molestaba, gritándole al oído: «Mire, amigo, caballero, señor, aquí llevo el pez espada, el buen ronquito, el cochino, la chema, el caballero, la mojaiba, el salmonete, la biajaiba, la morena, el palimete, la rabirrubia, el bacalao, el gallego, sardinas de veinte clases, el delicioso rabao, conque si quieres, me avisas, que ahora mismo te hago un rancho...». Entonces llegaba el negrito Acebal, que era mi compinche callejero, y me hacía repetir el monólogo que cada vez mencionaba más y más pescados hasta llegar a cien nombres dichos así, de carretilla.

Al final, el público me dedicaba bravos y tenía yo que repetirlo hasta seis veces. Terminaba ronca y cansada.

Junto con los políticos, nosotros llevábamos el chiste y la burla que han sido siempre dos salvavidas del cubano para navegar en la vida.

Acebal, negrito como el chapapote, tenía, se puede decir, el alma de un ángel. Nos hicimos amigos porque congeniamos en muchas cosas. En las discusiones de trabajo, él y yo éramos una sola voz. Las otras no decían ni esta boca es mía, porque ¿qué iba a decir una analfabeta? Sin embargo, Acebal y yo siempre que podíamos tocábamos las reuniones con nuestra chispa. Nos escucharon siempre, sobre todo a mí, que, sin estudiar en la universidad, conocía la psicología de mi público mejor que un catedrático.

Daría cualquier cosa porque ustedes conocieran a Acebal, el negrito Acebal. Si él estuviera sentado ahora en ese butacón, estaríamos nosotros riéndonos toda la noche, porque era un hombre de unas ocurrencias tremendas. Lo que nunca tuvo Federico, que fue muy talentoso pero sin pimienta, un hombre seco y duro.

¡Ay, Acebal, viejo, espérame que ya estamos cayendo como soldaditos de plomo, igual!

❊

En esa fiesta estuve yo. Como genérico, como cantante, como bailarín, como negrito. Como negrito más que nada. Yo figuraba el negrito, que era lo que me hacía lucir. El negrito simpático, jaranero, el loco, el que se dejaba apalear cuando le convenía: «Acebal, tráigame el coche», «Acebal, quíteme la manchita esta del flú», «Acebal, que le dije que me quitara la mancha», y, fuácata, un empujón y al suelo el negro. Nada, un personaje de filón social y político. Los negros, para mí como blanco, son distintos: se mueven más como muñecos que como hombres de carne y hueso. Tienen una gracia terrícola.

Ese espíritu era el que yo trataba de darle al público, el verdadero espíritu del negro: frivolidades y excentricismos. El negro nunca ha sufrido lo que el blanco, porque ha sido más guarachero y las cosas para él pasan sin causarle lesión alguna. No hay más que ver lo dados que son al baile y la música. Son los reyes de la música, eso yo se lo reconozco. Mejor que nadie sé lo que es un negro. Mejor que nadie, porque los catalicé bien para luego ganarme la vida representándolos. Y fui el negro más popular de Cuba, a pesar de mi blancura. Esas son las paradojas del destino de un hombre.

La raza de color siempre me vio como un embajador, me trataban a cuerpo de rey porque sabían que yo había logrado una cabal estampa de su idiosincrasia.

Una vez me dieron un homenaje en una sociedad muy prestigiosa, por lo moral. El orador me puso de ejemplo y yo, rodeado como estaba de negros y negras, me emocioné y hasta los ojos se me aguaron. Esa es la gente agradecida y no los cerebros podridos, como hay tantos, como uno que me insultó una vez en la calle Apodaca, un negro hampón, de los hoyos del hampa.

El negro me ve y me grita:

—¡Oye tú, negrito de charol, sombrerito de pajilla, te vamos a entrar a navajazos el día menos pensado, por payaso y figurón, me oyes, te vamos a...!

Todo eso porque lo que ellos querían era que yo llevara a las tablas de nuestro teatro al negro refinado o al natural, no sé. Por aquellos años era imposible. Un negro de escuela era muy escaso; un negro orador, lo mismo; un político, ni hablar; entonces, ¿qué íbamos a hacer?

Pues teníamos que representar al negro refistolero, al muñecón, al canalla.

Un pañuelo en la cintura, preferiblemente rojo, otro al cuello, una buena navaja con filo de uña, sombrerito de pajilla, dentadura blanca como el coco y ese era el negro de Alhambra.

Por aquellos años era imposible llevar a las tablas al negro refinado o al natural; no sé, todavía hoy...

Acebal era un muchacho que se había criado en un barrio pobre, como yo, ¿para qué negarlo?, como el mismo Adolfito, ¡Dios lo tenga en la gloria!

Así que del pueblo él conocía más que cualquiera. Fue él quien me llevó de la mano a los solares, a las escuelas públicas, a todo aquel lugar donde yo pudiera aprender algo de mi pueblo, de las conversaciones, de la atmósfera, de los gestos.

—Fíjate cómo camina la negra esa, mira aquella mulata cómo se viste, fíjate bien: corales, argollas, tafetán. El rojo, Rachel, el rojo predomina. Oye lo que hablan estas dos.

Ese era mi amigo Acebal. La esponja hecha persona. Para hacer todo eso, para meterse en el vulgo, hay que ser como ellos, muy llanos y muy jaraneros. Los negros y los chinos no eran tan fáciles de estudiar. El negro por insolente y el chino por desconfiado y soberbio. Son baúles.

El negro es peligroso. Hay que acercársele con tacto. Yo me los gané. Sé que es un tema delicado. Allí iban, sí. Tramoyistas, mozos de limpieza, porteros, heladeros... Yo siempre me he tratado con todos: negros, mulatos, jabaos, chinos, blancos... He sido una liberal y demócrata en ese punto. Nunca me ha gustado discriminar a nadie, ni siquiera por el color. ¡Cuántas veces no me dijeron cochina por hablar en plena puerta de mi casa con uno de color! Pero yo como el de Lima: lo que me entraba por un oído me salía por el otro. Una noche eché a andar con mi marido por el puerto. Había un friecito muy agradable y se oía la banda militar desde lejos. La música salía por detrás del Castillo de la Fuerza. Nos acercamos, y en la Plaza de Armas descubrimos la algarabía. Era un discurso político, pero lo declamaba un negro muy fino él, vestido de blanco hasta los pies. Para aquella época lucía excéntrico un negro orador. Mi marido, que era político y liberal como yo, me pidió que lo acompañara hasta las mismas narices del susodicho. Daba gusto oírlo declamar con una dicción bien aprendida, sin baches, con zetas claritas y hasta la voz sonora como propia de un profesional de las tablas. El negrito hablaba de la educación rural, del alcantarillado, todo iba muy bien hasta que un mojonzuelo lanzó una trompetilla. Yo me paré y le grité: «¡Marrano, impertinente!».

El negro, al creerse que yo le decía todos esos improperios a él, dejó de hablar y salió espantado de aquella tribuna. Se puso verdecito como un aguacate.

Todavía pienso en aquel incidente con una pena profunda. La verdad es que me cortó el alma porque el hombre, con todo y su color, era educado y tenía buenas, buenísimas intenciones. Por eso digo que es un punto delicado ese de los negros en este país. Muy delicado. Allí mismo, en camerinos, yo tuve peleas inolvidables con mis compañeras, porque mucho que se acostaban con negros peloteros, con periodistas, senadores y concejales negros y luego decían que de una nariz gorda como un guante no podía salir una sola idea. Eso es injusto y a mí me parece condenable, porque una nariz no puede definir a un ser humano, de carne y hueso y con cerebro. Yo creo que la solución es que el negro se quede como negro y el blanco como blanco. Cada uno en su justo y humano lugar, sin mezcolanzas innecesarias. Yo he tenido criadas negras, «manicuris» negras, chóferes negros, cocineras, y con todos me he llevado bien. Yo aquí en mi sitio y ellos en el suyo. Esa es la salida más indicada. Pero ¿quién me oye a mí? ¿Quién va a mi casa a pedirme consejo? Nadie, porque aquí la gente está ya que ni ve ni oye. Por eso todos vamos a acabar devorándonos, tarde o temprano.

Las paredes del inodoro estaban repletas de dibujos y escritos y había florecitas y hasta a uno le dio por pin-

tar una colección de venaditos, quizá por aquello de que evocaba los tarros y como aquel teatro era de hommes seuls.

El caso es que todas las cocottes de La Habana tenían allí su gran mural, con sus nombres y señas: «¿Cuánto cobra Anita Peligro?», «¿Cuánto por una noche con Margot Tragalotodo?».

Luego decía dos dólares o menos y «Gracias, caballeros» en letras grandes, porque aquellas mujeres de placer eran de mucho vuelo.

Yo, que fui poco allí, tengo recuerdos muy vagos, pero una cosa que no se me olvida, quizá por mis sueños de ser pintor, era la figura «rubensniana» de Rachel, ampulosa, rolliza, sin prestancia, pero con una sensualidad atronadora. Una vez llegó sola —como era usual verla por La Habana—, solita, al Louvre. Ya cuando ella se acercaba la gente de la Acera se ponía en guardia para contemplar aquella escultura.

Llega y se sienta en un sillón de limpiabotas, muy seria, y le dice al negrito:

—Chico, me enfangué al cruzar Neptuno, ¿podrías limpiarme los zapatos?

Él la mira azorado y empieza a dar paño y betún, paño y betún, pero que los ojos se le iban para las piernas. Entonces ella, haciéndose la ofendida, le pregunta:

—Qué, ¿nunca me has visto las piernas?

—Sí, mi reina, pero no tan de cerca.

Yo conservo esta piel porque nunca me dejé maquillar por nadie. El único ser que puso sus dedos en mi cara fue Adolfo. Pobrecito, él sabía todos los secretos de la belleza. Me salvó las facciones, el cutis, los brazos. A mi edad cualquier mujer tiene arrugas y está ya despellejada. Yo no. Yo me conservo intacta. Tengo los muslos duros todavía, los pechos igual. Me tiño porque no me gustan las canas. Pero no soy demasiado canosa tampoco. Podría dejarme el pelo natural y luciría bien.

En Alhambra me acusaban —las que Dios no agració— de descuidada. Ellas entendían la belleza con pomos de grasa, cajas de polvos, creyones, lápices de cejas... Una belleza ficticia. Que el hombre que fuera a ir con ellas tenía que bañarlas con un estropajo de aluminio. Yo, al contrario, la sencillez y lo natural. Para mí el secreto estaba en el agua de rosas. Adolfo me enseñó cómo usarla: se coge un frasco con loción de agua de rosas, se mezcla con leche de almendras bien espesa y sulfato de aluminio. Luego se hace un batido, se unta sobre las partes propensas a las arrugas y se deja secar, más nada. Es tan simple y da un resultado fenomenal. No pasa ni un día que yo deje de aplicármelo. Por eso estoy así. Llegan a casa mis amigos de la vieja guardia y me dicen:

—Qué linda estás, Rachel, tú sí eres la misma.

Y no me engañan, porque para eso está el espejo ahí y yo seré cualquier cosa menos ciega.

Siento orgullo de mí misma. He sabido conservarme, sin caer en la exageración. Una cómica como yo, que a veces tenía que maquillarme de mulata hasta tres veces por día, podía tranquilamente tener la cara hoy como una pomarrosa, como una suela de zapato.

Desde luego, yo me inventé también mi propio maquillaje. Lo mantuve en secreto por venganza. No sé quién fue, debe de haber sido la mexicana, una noche me tiraron brujería en el camerino. Al yo mirar, sentí un corrientazo y el pelo se me cayó casi completo. Gracias a los médicos lo salvé, si no a estas alturas yo sería una mujer calva. ¡Qué horror! Por eso cuando descubrí que para pintarme de mulata no tenía que usar pomadas que me quemaran el cutis, me lo callé. Cogía mis seis o siete corchos, los quemaba, ponía unas góticas de glicerina y un dedito de cerveza. Con eso hacía mi preparado. Y luego la gente: «¡Qué bien, qué parejito, dame la fórmula, Rachel!». Pero yo esquivando siempre. Porque si una cosa tengo es que en mi bondad soy rencorosa, guardo lo que me hacen. Podrá pasar un siglo, dos, que yo no olvidaré a los que me quisieron aniquilar, como tampoco, claro está, a los buenos. Para esos tendré siempre un gesto de agradecimiento.

Los que me han hecho feliz en la vida, que son pocos, pueden acudir a mi casa, pedirme lo que quieran. Soy una amiga fiel. Rezo por ellos diariamente. Y los que me han hecho la vida imposible, dos o tres mujeres y un hombre, esos no se acercarán. Aquí, a esta casa, no van a subir nunca. Ellos saben con quién lidiaron. Yo digo que es tan duro saber que dos o tres han querido verla a una destruida, que han hecho todo, artimañas de las peores, sabotajes, todo. Total, el hombre debía ser más abierto, menos retorcido. La vida es corta, hay que vivirla en armonía. Soñar despierto. Si no, fracasamos. Esa es mi filosofía, muy barata, yo sé, pero puesta en práctica y con buenos resultados. Los momentos felices hay que disfrutarlos. No importa cómo esté una de ánimo. Hay que vencer el espíritu y lanzarse según las circunstancias. Yo me fío de lo que me rodea, de cómo van las cosas, qué hacer para mí y, luego, me impongo.

Si estoy sola busco compañía, si estoy triste pongo música española, si me enfermo me curo y hasta que no me cure no estoy tranquila. Soy una matraquilla en todo. Cuando la muerte de Eusebio, mi único amor puro, intenté suicidarme pero todo me salió al revés y desde entonces no he vuelto a encontrar valor. Yo quería desaparecer totalmente. Que no quedara de mí ni la ceniza. Le di vueltas al cerebro y se me ocurrió lo siguiente: una silla, una soga no muy gruesa, delante de la silla un cubo lleno de alcohol, frente a mí, y una vela encendida colgando de un cordelito que a través de una varilla se empataba con la soga, de modo que cuando yo me dejara caer, el peso de mi cuerpo tirara la vela dentro del cubo de alcohol y entonces ocurrían dos cosas: me ahorcaba yo y la candela me convertía en nada. Lo hice, pero parece que el cuello mío era de elefante, porque ni me arañé con la soga, y la vela, antes de caer en el cubo, se apagó.

Desde aquel incidente he decidido vivir hasta que se cumplan mis días.

Mamá conoció a una negra vieja en Oriente que, según ella, se pasaba la vida diciendo:

—Niños, a no perder el tiempo, que el cuerpo de la alegría es flaquito.

¡Qué verdad! Yo repito eso y me erizo, miren: «El cuerpo de la alegría es flaquito».

❊

Llegué en el dieciocho. Y ¡qué caramba!, esto desde el primer día me requetegustó. Soy de La Coruña, una tierra fría pero muy linda. Agarré un barco de pesca y vine para acá. El barco se llamaba El Niágara.

La Habana era muy alegre entonces. Desembarcamos

en la Machina y allí me tiré tres o cuatro copas de ron con otros de mi tierra que también venían de polizones en el mismo barco. Luego vimos al cónsul, nos dio unos papeles y empezamos a meter caña en el muelle, cargando sacos de azúcar y de arroz.

Me mudé a San Isidro. Mi entretenimiento eran las putas y el trago. Conocí a la madre de Rachel, ya vieja, como a los tres meses de mi llegada, porque caí preso con ella por un asunto...

Estuvimos unas horas en la estación y luego cada uno para su casa. Al salir, la vieja quiso echarme a mí la culpa de todo y empezó con el tejemaneje y me decía: «Galleguito, contigo no voy más, el que con niños se acuesta...», y así, pero yo ni fu ni fa. Ya estaba habituado a eso. La vida mía no es un panal de miel, qué va, la vida mía se las trae. La vieja me ayudó a conseguir empleo, mejor empleo, porque el muelle aquel le dejaba a uno el lomo y la cintura molidos.

La niña no se llevaba conmigo; yo digo la niña, pero ella era ya una buena moza y trabajaba de cupletera en Alhambra. ¿Ustedes han oído hablar del Alhambra?

Pues allí trabajaba la niña. Uno iba y la veía, muy hermosa, tenía carita de gallega pero con el colorcito de aquí. Yo reunía dos o tres monedas y me iba para allá por la noche, con un par de socios, a ver los encueros.

Aquí no le entraba a uno la morriña esa que en mi tierra es tan corriente. La Habana eran «bayuses» con fiestas, mujeres, mucho alcohol. ¡Madre mía!, lo que yo gocé en este país no me lo quita nadie. Salíamos del teatro dos o tres, nos íbamos para el barrio de Colón, que todavía le llaman así pero que ahora lo han echado abajo, y nos cogíamos cada muchacha que había que ver. ¡Ni Rachel! ¡Ni Rachel!

Claro que uno pagaba lo que fuera, pero el palo era de calidad.

Había un morenito que negociaba las hembras. Una tal Cari «me se» daba todos los meses gratis. Ya había yo empezado a trabajar en el cementerio y ella tenía allí un osario para la madre. Entonces yo no le cobraba por la limpieza ni nada, pero cada mes iba allí y le daba su meneo. La Cari esa me duró como tres o cuatro años. Un día fui y me dijeron que se había muerto de una infección mala. Salí disparado. Y me busqué otra. Ese barrio encantaba a cualquiera, por el cachondeo de las mujeres, como dicen allá en Coruña, y yo que me pasaba la vida en Alhambra calentándome la cabeza tenía que ir fijo al desahogo, si no reventaba como un «siquitraque».

A la niña la respeté, claro. Ella era de mi edad, pero yo tiraba más para la vieja. Además, la niña salió muy espabilada; ella nada más iba con gente de guano, sabe, de guano y de buena presencia.

La niña esa hizo furor aquí. Debe de estar más vieja que yo, porque se gastó, eh, se gastó...

6

Me siento joven. Han pasado las tormentas y yo no las he sentido. O se me han olvidado. O será que como yo fui una privilegiada...

Tuve el honor de estrenar *Delirio de automóvil,* una obra preciosa que descubría el revuelo que causó en La Habana la llegada del automóvil, el de techo y el descapotado. Estrené también *La Isla de las Cotorras, La Carretera de Arroyito* y un sinfín.

Esos estrenos, como a todo artista, me producían un estado de alteración horroroso. Bajaba de peso en cuestión de días. Los ensayos de última hora y las rencillas son de lo peor que puede ocurrirle a ningún ser humano. Antes de ensayar yo me tragaba tres pastillas sedantes para evitar las peleas con las fieras. Luego, el día del estreno, estábamos todas tan emocionadas que ni nos hablábamos, no pasaba nada, solo el silencio y la expectación. Un día de estreno es inolvidable. Mucho más cuando una tiene que jugar algún papel principal. Todo ese día es distinto, o no. Yo sé que para mí el teatro se transformaba. Las cortinas lucían nuevas, los decorados, rutilantes; el rostro de la gente, distinto; como esperando que ocurriera algo, algo que no se anunciaba.

Había..., sí, había un apuntador que pasaba de los ochenta años, pero que no quería retirarse por nada del mundo. Cada vez que el teatro estrenaba, él venía a mi camerino y me regalaba flores. Traía siempre una alegría como no he visto en nadie con más juventud. La carita de ese viejito y aquellas flores eran el impulso más grande para salir a escena. De verlo solamente se me alegraba el alma. Como cuando una está triste y abre una cajita de música. El viejito, me cabe decirlo, estaba enamorado de mí pero con resignación. Yo no le engatusé jamás, pero tampoco le traté fríamente. Jugaba con él, bromeaba: esas bromas de bambalinas que no llegan a nada, y sé, de eso he vivido convencida, que él no esperaba otra cosa.

Una noche, ya al final de todo, cuando el teatro iba pendiente abajo, cuando empezó el encuerismo y los bocadillos groseros, el viejo se murió.

Estábamos en un *sketch* Acebal y yo. A mí se me habían olvidado unas frases y me acerqué a la concha con disimulo. Le hice señas, las de siempre, pero no oí respuesta. Vi los ojos de Acebal llenos de horror, enormes, y cuando miré a la concha ya el viejo estaba desmayado o muerto, no sé, tenía la cabeza tirada sobre esta parte del brazo y el pelo hacia adelante.

Seguimos improvisando Acebal y yo. A mí no me salían las palabras. Cuando cerraron las cortinas corrí a tocar al viejito. Ya estaba frío, ¡alma de Dios!, helado como una granizada.

Luego estrenaron dos o tres obras más y yo trabajé, pero sin aquel embullo, sin la carita de aquel viejo y sus flores, ¡tan cariñosas! La vida del teatro es triste pero la visten de colores y da otra cosa.

Si no fuera por esta mano que no me trabaja bien, yo escribiría algo de mi vida. Naturalmente, sería una sorpresa para todo el que me conoció. Porque yo iba a describir la otra cara. No la que me conocieron, sino la que me tapé. La que nadie, ni mis maridos, han conocido.

Iba a contar lo amargo. Una mujer que ha vivido..., sí, que ha vivido para llenar caprichos ajenos. Sin amor, que es lo único que no puede faltarle en la vida a una persona. Así he vivido yo. Por eso sueño ahora. Sueños de verdad, no soy soñadora de ilusión, sino de realidad. Soñaba hace días con un mar grandísimo frente a mi casa. En el mar había una casita de madera, flotando, y un mango amarillo. El mango era más grande que la casa, no guardaba proporción. Yo no me veía, pero sentía que me acercaba al mango en vez de a la casa, me iba acercando y lo iba viendo cada vez más grande hasta que fue como un muro de... de mango, qué raro, ¿no? Pues me entró pánico, la quijada se me trabó y no pude moverme. Por más que grité: «Ofelia, Ofelia», nadie me oyó. Parece que me volví a dormir y vi el mango de nuevo. Esta vez con la banderita cubana arriba, clavada. Me dio por cantar en el sueño, no recuerdo qué, pero canté y la banderita desapareció.

Al rato iba yo en una parada militar con la banderita en la mano. Y me aplaudían. Una multitud me aplaudía.

En otro sueño voy yo por un camino de arena y cuando llego a un río me encuentro a un joven desnudo que me llama. Y yo siento que voy, pero cuando llego, no sé si al llegar o antes, me despierto, cosa horrible. Ese sueño es como el del niño, me deja mal.

A mí me han dicho que los sueños tienen que ver con los astros, que uno sueña de acuerdo a su signo en el horóscopo.

Mi signo es Acuario, que es un signo extraño. Para caracteres de doble filo. Yo soy la mujer de las dos caras por culpa de ese planeta que se llama Saturno. Tengo la línea de la creación: empieza aquí en la palma de la mano, coge toda esta zona y viene a morir en la muñeca, con una caída de estrellas. Esa es la línea del artista. La tuvieron todos los grandes: la Bertini, la Dusse, el propio Caruso.

Mi astro es la Luna. Cuando hay luna llena es que yo me pongo frenética, arisca, no quiero ver a nadie y me da por...

En luna llena no hay quien me aguante. Una vez me hice un rasguño en escena y estuve sangrando días enteros por culpa de la luna llena, que es lo que lo carga todo y hace que la sangre brote sin freno.

Le recomiendo a aquel que quiera hacer algo con éxito que lo haga en luna llena: para tener hijos es ideal, para sembrar un árbol, para memorizar. Es el momento de la fertilidad, diría yo.

Mis piedras son el ópalo y la calcedonia, que no conozco, pero estoy loquita por ver. ¿Cómo será?

Los Acuario tenemos una larga dicha y una larga desgracia. Lo curioso es que van juntas y se dan la mano. Somos también muy corredizos como el agua, que es nuestro elemento. Podemos tumbar un mundo cuando las aguas brotan, pero también el mundo se nos cae encima y nos destruye cuando las aguas se estancan. Yo me muero por dentro pensando en esto. Cada vez que me lanzo a hacer algo me acuerdo de mi signo y me contengo, no mucho, pero sí con algún control. Los Acuario somos dados a la entrega a primera vista, cosa peligrosa, pero que nos atrae horrores.

Somos generosos y desinteresados. Amamos la paz y la armonía del ser humano. ¡¿Qué más?! ¡Ah!, somos altruistas, desearíamos que todo el mundo supiera restar, multiplicar, dividir, que salgan de la pobreza. Nunca nos falta dinero. Bueno, muchas cosas tiene mi signo, pero yo creo que lo más importante es que es un signo que adelanta, no como Cáncer, que a todo el que toca lo destruye.

Mi verdadero amor era de Cáncer. Y aunque me cueste trabajo reconocerlo, me hundió en un pantano. La culpable fui yo, de más está decirlo, porque él nunca me engañó. Cuando me topo con alguien de Cáncer, el cangrejo, me acuerdo de mi amor y trato de no entrar en confianza porque el Zodiaco no falla. Cáncer y Acuario no se llevan, pero se aman. Son dos potencias en choque. Yo a él lo quiero todavía, a pesar de ese signo nefasto que lo vino a joder todo: degollamiento de él, desfloración prematura mía.

El mundo está regido por los astros. La armonía de la Tierra se debe a ellos. Por eso hay que saber buscar las afinidades. Un Acuario y un Cáncer son como el aceite y el vinagre: se necesitan pero se rechazan. Yo estoy orgullosa de mi signo zodiacal. Ha sido una guía para mi vida, al menos en los aspectos prácticos, porque nunca encontré un Leo, que hubiera sido mi felicidad. Pero, ¿para qué pedirle tanto a la vida? Con lo que tuve me conformo. Como artista gané lo que se me antojó, hice también lo que mi ilusión me pidió y no voy a quejarme por falta de amor. Tengo que reconocer que yo también fui canalla y mucho que hice sufrir a algunos con maldades y desdeños míos.

Mi madre me contó una vez —me acuerdo que fue al camerino y me dijo—: «Niña, lo que acabas de hacer está mal». Y era una maldad. Le quité la peluca a la mexicana en pleno escenario porque se acercó a mí y en vez de decirme lo que debía me susurró al oído:

—Puñetera, me estás robando la escena.

El público se dio cuenta de que aquella mujer me había ofendido, y por venganza y amor propio le saqué la peluca de un tirón.

Luego vino mamá y me recordó que yo había nacido un día terrible. El día más frío que ha habido en este país y el único en que La Habana se inundó por un ras de mar, provocando desastres que han dejado huellas horribles. Además ese día hubo temblor de tierra en Santiago de Cuba y dos casas de familia se desplomaron con muertes de niños y mujeres.

Por eso cuando se acerca mi cumpleaños, yo rezo. A Marianita y a santa Bárbara, que me han acompañado ahí, al pie de mi cama siempre.

En la puerta de mi camerino tuve pegada esta oración muchos años. Si salgo a la calle la llevo en la cartera y cuando me quedo en casa la pongo debajo de esos vasos con agua fresca. Es una oración contra los males y para espantar a los enemigos.

Para decirla hay que hacerse tres cruces en la frente con agua bendita y rezar primero dos o tres padrenuestros:

«Oh, Virgen mía, aparta de mi lado a estos seres malvados, envidiosos y fieros que me acechan. Acudo a ti, santa Bárbara, para que los confundas. Tú, la sublime protectora y generosa cristiana que abres tu pecho para los buenos seres. En él entro y de él saldré con la sangre de tu corazón para librarme de ellos y no permitas que interrumpan mi marcha cristiana y, si persisten, envíales de cabeza al infierno como castigo a sus maldades y líbrame de todo mal. Amén. Amén. Amén. (Tengo que decirlo tres veces.)»

La que entraba y leía eso sabía que a mí no se me podía coger la baja. Por mi signo y por mis dos santas, Mariana y Barbarita, estoy protegida hasta el día de mi muerte. Y yo sí que no tengo que hacer rogaciones, ni poner plátanos debajo de una ceiba, nada de eso.

Basta que con mi fe, con mi garganta, invoque a mis protectoras para que enseguida me oigan. Cada vez que yo tenía litigio con la mexicana me encerraba en el camerino, no para esconderme de ella, para rezar; rezaba un poquito: «Ay santa Bárbara, que no entre esa víbora, que no entre». Entonces se oían los pasos de los tacones, el forcejeo de la puerta, y yo rezaba, me concentraba más todavía, y ella se iba sola. Hasta ahora ha sido así. Déjenme tocar madera por si acaso.

—*Tú no me crees, Ofelia, no me crees.*

—*Yo sí la creo, señora, pero es que usted me repite lo mismo tantas veces que ya no sé qué decirle.*

—*No tienes que decirme nada. Yo te lo cuento porque es verdad, qué carajo. ¿Cuándo me has oído tú diciendo una mentira?*

—*Yo no he dicho que usted mienta. Yo lo que le digo es que usted se pasa el día en esa cantaleta y...*

—*Pero tú no me quieres oír. ¿Es que estás peleada conmigo? ¿Yo te he hecho algo? Dime. Porque yo creo que más buena contigo no he podido ser. Aquí tú no eres una criada, eres de la familia.*

—*Bueno, yo vengo a trabajar porque usted me paga, ¿no?*

—*Pero no es el dinero. No vamos a eso. El trato que has tenido aquí. La única que se pone mi ropa eres tú, la única que sale al teléfono eres tú, la única aquí con autoridad...*

—*Señora, ¿ya se le quitó lo de la columna?*

—*Ya me duele menos. ¿No ha llamado hoy?*

—*No.*

—*Ayer llamó y hoy me dijo que esperara la llamada a las cuatro. A las cuatro llama.*

—*Son las seis, señora.*

—*Entonces llamó y no hemos oído el timbre. Estás sorda, Ofelia.*

—*Yo no estoy sorda. Ese aparato no ha sonado.*

—*Llamó a las cuatro, pero tú estás sorda.*

—*Yo no estoy sorda.*

—*Cállate ya, coño, me tienes harta. Ni al teléfono sales, ¿qué trabajo te cuesta Ofelia? Dime, dime.*

—*No me alce la voz. ¡No me alce la voz!*

—*Ven, muéveme la cama, por Dios, que sola no puedo.*

Tengo la cabeza llena de sueños. Toda la vida he padecido ese mal. A veces me quedo sin entendimiento, con un vacío así... Ofelia es la que me conoce. No es la memoria, no, aunque ella dice que sí y me ha comprado unos pomos de fitina. Yo creo que es el pensar, el lucubrar. Una vez fui a los baños de San Diego y las aguas allí me hicieron muy bien, son sulfurosas y parece que eso ayuda a los nervios. Regresé nueva. Tengo que volver. Yo he sido muy atrevida, muy heroica, me he empeñado en cosas de locos. La vida me ha resultado complicada, por eso también me he visto en cada situación, en cada rollo... Nunca he estado, como diría, fija en algo mucho tiempo, nunca. Más bien deambulando como un satélite fuera de órbita. Por eso los amores no cuajaron. Donde único me sentí bien fue en el teatro y para eso una temporada. Y ahora en mi casa, aunque necesito estar acompañada. Fuera he cometido muchas imprudencias. Me gustó siempre la aventura y me gusta. Por poco a causa de mi cabeza loca me llevo a Federico en la golilla. Cuando el machadato, aquí se puso en boga el barco de paseo, el *yacht*. Nosotros tuvimos uno que se llamó *Rachel I*, ¡cosas de Federico! Lo anclamos en los muelles del Almendares. Adoraba yo mi bote... Saqué la licencia y fui el primer patrón mujer que hubo en Cuba. Tirábamos las sogas, desanclábamos y hasta Cayo Sal con buena marea, porque en depresión era peligroso salir. Pero el mar la pone a una a reflexionar. Es como una sala de psiquiatría. Ahí, en uno de esos paseos, fue que me vino a la mente la monstruosidad aquella. Cosas de juventud. Él y yo nunca nos llevamos bien. Él era complaciente, pero meloso y a la vez frío, no sé cómo explicar. Un carácter para mujeres de mucho aguante.

Yo era y soy una hembra, y necesité, cuando él no me lo pudo dar, un verdadero hombre. Por eso un día le propuse una idea que me venía dando vueltas en la cabeza. Una idea loca, pero buena para cerrar una relación con broche de oro.

Fingí desesperadamente la neurótica y le pedí unas pastillas. Vino a la cama con un vaso de agua y me dio un calmante en la boca. Luego le pedí que se sentara a mi lado. Se sentó y le dije:

—Federico, yo quiero morirme. Ya no resisto más. Si quieres nos vamos juntos y así se acaba todo, no tenemos que dejar huellas. Eso, si quieres. Yo estoy decidida.

Él me contestó resignado, como si hubiera estado esperando esa proposición mía. Me sorprendió un poco y cogí miedo de pronto. Pero no pude dar marcha atrás, no pude.

Lo único que hizo fue quitarse los espejuelos y me miró.

—Rachel, ¿y el teatro? ¿Tú crees que vale la pena dejarlo todo?

Yo me puse a llorar y creo que le di un manotazo.

—¡Entonces el teatrico ese vale más que yo!

Desde luego que él no habló más. Se tomó unas pastillas y me pidió que lo dejara descansar una hora. Esa noche teníamos una invitación para un baile de capuchones en el Teatro Tacón. Aquellos bailes tan lucidos.

Fuimos vestidos los dos de capuchones. Yo me hice la alegre y él trató de fingir, pero los ojos se le salieron de la cara. Íbamos a disfrutar bebiendo y bailando. Era la última oportunidad de ver a los allegados de cerca y de despedirnos del mundo. Por eso fuimos.

Bailamos hasta las tres de la mañana. Esa iba a ser la última noche, porque de ahí iríamos a casa para envenenarnos. Yo canté el *Quiéreme mucho* en la fiesta. Me anunciaron como La Bella de Alhambra y el nombre se me quedó así para el resto de mis días. Cogí unas hortensias que había en un trinchante y me las guardé en el bolso.

Dije: «Las últimas flores que voy a oler».

Federico no me quitaba los ojos de arriba. A lo mejor él pensaba que aquella idea era un espejismo mío y que se me iba a pasar. Pero yo, terca. No quise emborracharme para no perder el juicio. Él tampoco tomó. Yo lo notaba extraño. Se me acercaba y no decía ni palabra. Era un fantasma hecho persona. Él procuró ablandarme, pero yo le hice resistencia. Me mantuve ahí, en mi idea, culpable, idealista, loca, pero en mi propósito. El Teatro Tacón era una joya. Tenía un paraíso lindísimo: ángeles, serafines pálidos —todo en pastel— y la mano de Dios tratando de agarrar el mundo. Me puse a mirar para arriba, a contemplar el paraíso, cuando siento que un intrépido, de esos que se dan en las fiestas de máscaras, me toca las nalgas. Yo siempre he tenido mucho fondillo y el muchacho parece que era lujurioso. Me tocó y yo di un grito, espantada. Con la misma sentí un ruido seco en el aire. Y vi que mi marido tenía al hombre abrazado, los dos antifaces en el suelo.

No pasó un segundo y llegó la policía. Terminamos los tres en la estación de Monserrate. Allí pasamos la noche encapuchados y ahogándonos de calor.

Por la mañana salimos absueltos. A mí me soltaron a las cinco. Federico y el muchacho quedaron sometidos a interrogatorio. Llegué a mi casa, me lavé la cara y me tiré en la cama a llorar. Aquella ilusión, aquel sueño mío, no pudo realizarse. Se frustró por una vulgaridad.

Cuando Federico llegó y me vio llorando me dijo:

—Te comprendo, mi amor, trata de recuperarte.

Y me empezó a besar, y ahí fue donde yo sentí por primera vez un asco terrible.

Mamá no era amiga de litigios, ni le gustaba verme sufrir. Ella era la vida y la alegría. Me acusaba de loca, de distraída. Yo no tenía nada de loca, quizá distraída sí he sido. Loca no. Pero mamá, con ese sentido práctico que lo veía todo, que sabía hasta por dónde le entraba el agua al coco y que no se dejaba convencer, fue la primera en aconsejarme que me diera a la libertad como el gorrión. Por ella dejé a Federico. No lo dejé de sopetón. Fui estirando las relaciones y aflojándome por dentro. Yo misma me hice conciencia. Él es bueno, pero ya está demasiado viejo y yo tengo que vivir; me ayuda, sí, pero ya yo tengo mis ahorros, y de esa manera, con una de cal y otra de arena, me decidí a no seguir en el tira y encoge. Quise enamorarme en esos meses, para olvidar, para tener una razón y poder decirle con toda mi alma: «Mira viejo, tú lo has sido todo para mí, pero aquí está Fulano y lo de más allá y lo de más acá».

Pero no llegó a mi vida nadie con suficientes condiciones. Y tuve que hacerlo, como digo yo, en frío.

Alhambra me aburría ya. El machadato hizo de aquel teatro, como de todo este país, un infierno. Me parecía estar metida en un hueco sin poder alzar la cabeza. Era la sensación del terror, una caldera hirviendo. Ya aquello no era política. Era una guerra entre hermanos.

A Alhambra le pasó lo que a la cotorra cuando le dan perejil. Y como no se podía una explayar, era triste llegar a decir dos o tres chistecitos y no poder hacer las cosas con libertad. Y un poco así me sentía yo por el propio Federico. Fue la decadencia de mi vida. Por eso tuve que dejarlo y empezar a ver el horizonte de nuevo.

Mi fama no decayó, pero a mi público le gustaba oírme satirizar. Yo hacía la bandolera, la vampiresa, la mujer de gran filón social, y esos años me pusieron sordina. A mí y a todas las otras. Yo lo digo sin caer en lo político, como desahogo personal. Federico, por otro lado, pretendió encerrarme. Me decía:

—Rachel, te voy a comprar un piano para que te dediques al concierto—.

Yo conocía algo. Tocaba el vals *Sobre las olas,* las canciones de Anckermann, *Si llego a besarte,* pero el concierto, ¡qué va! Ya no tenía cabeza yo para la música de concierto. Y tampoco estaba enamorada. Quizá enamorada me hubiera dedicado a concertista. Pero al lado de ese hombre, jamás.

Seguí en Alhambra, que era mi vida.

El piano y el concierto fueron producto de los celos. Él sentía que ya yo no lo quería.

Mamá lo despidió de casa una noche, para probar. Y él regresó como un conejito tímido. Me dio tanta pena que le di un beso e insulté a mi santa madre. Luego, la pobre, no quiso meterse más en mis asuntos, con razón.

Ya era imposible. Yo no lo soportaba. ¡Qué terrible es eso, qué cárcel!

Una tarde, en el veintiséis, fuimos a las carreras de caballos a apostar. Llegar allí yo era un suceso. Me conocían los cronistas y enseguida a quemarme los ojos con los *flashes.* Ese día con más ímpetu. Iba de traje de sastre, de Sajonia; una tela conocida como nido de abejas, color cielo plomizo. Mi sombrero, precioso, de ala al vuelo con flores de gasa alrededor de la copa y abundancia de plumas de áves del paraíso. Era, sin desdorar, la más llamativa. Las mujeres de las clases altas nunca pudieron adelantarme. Yo estaba al día en la moda. Ahí están todavía las revistas francesas y las inglesas, que aquí no gustaban... La cubana es muelle y la inglesa institutriz estirada, la otra cara de la medalla.

Pues llegamos al hipódromo solos. En todo el camino no hablamos. En mi fuero interno yo aspiraba a encontrarme a alguien que me conmoviera esa tarde. Al hipódromo iban los verdaderos caballeros, muchas veces solos y, dije yo, bueno, a lo mejor...

A mí las carreras no me entusiasman. Lo emocionante está en las apuestas. Mi marido tenía fama de perdedor. Claro, llegaba allí, no hablaba con nadie, se ponía zoquete... Tenía que perder por falta de ánimo. Yo, sin embargo, llegué ese día con la cabeza llena de alegría, me propuse ganar. Un segundo antes de que saliera el caballo de mi marido, me paré y empecé a gritar. Yo sola gritando.

—¡Sube, vamos, sácale el polvo a la tierra, ahora, maldito, empina ese pescuezo, agarra...!

Esa era yo. Alboroté a los hombres. Mi marido, como era medio idiota, no me dijo ni pío. Lo que sé es que el caballo me oyó, porque llegó a la meta sudando sangre. Cuando el hombre aquel anunció al triunfador, el público se viró hacia mí, aplaudiendo. Yo les tiré un beso y me gané un pequeño trofeo que tengo aquí a mi derecha.

—Ofelia, tráeme esa cajita.

❋

Rachel en el hipódromo

La que veis ahí, con ese distinguido hombre de letras al lado [porque este artículo iba acompañado de una fotografía mía y de Federico] *tiene, como las princesitas de los cuentos azules, la idealidad del ensueño y el carmín de la vida.*

Ama lo que le rodea, es capaz de entusiasmarse y despertar corazones ajenos, quien la ve le sonríe desde que ella le mira a los ojos. Yo siento ante esa luminaria excelsa de nuestra farándula la dulce simpatía de las almas, que es la flor más gentil de nuestro jardín interior.

Rachel es, además, la estrella encantadora de uno de mis más sinceros y talentosos amigos.

De ahí que ese hechizo femenino tenga para el cronista algo así como la prolongación de los afectos familiares. ¿Cómo podría mi pluma callar adjetivos de ambrosía y ditirambos de néctar ante esa sensacional belleza que hoy rige el Hipódromo para añadir furia hípica y feroz hidalguía a nuestros jockeys?

Bienvenida a este tablado Arlequín que es nuestro Oriental Park, la mujer más atractiva de nuestro teatro, la más bella que, como la remota ciudad de Persépolis, tiene para mí un atrayente nombre: MISTERIO.

PERIÓDICO EL MUNDO (ANÓNIMO),
FEBRERO DE 1926

❉

Salimos de allí con los bolsillos llenos. Fuimos a celebrar, a tomarnos el triunfo a un baile popular. Federico me preguntó:

—¿Qué vas a hacer con ese dinero?

Yo le contesté que el dinero no era mío y que no pensaba hacer nada. Llegamos a la casa y yo, para evitar, me fui a dormir al cuarto de mamá. Ese fue el final. Lo obligué a sacar la ropa que tenía en los escaparates, los libros y una mesa de trabajo que lucía feísima en el corredor.

Lloró como un niño abandonado. Pero tuvo que irse en el mismo camión de la mudada. Cerré la puerta del balcón, bajé las persianas y me puse a tocar el piano para no pensar, para no pensar.

❖

—*Señora, tómese la limonada.*

—*La limonada me da acidez. Alcánzame los chocolates.*

—*Más acidez le dan los chocolates.*

—*Bueno, es igual. Ofelia, pon el radio a ver qué dicen del ciclón.*

—*Yo por si acaso mandé a clavar las ventanas.*

—*¿Para qué tantas precauciones? Un cicloncito más, ¡qué bobería! Si te coge el del veintiséis, ¿qué te hubieras hecho, Ofelia?*

—*Yo creo que me hubiera clavado a la pared.*

—*No he conocido una mujer más cobarde en mi vida. Lo que te has perdido, muchacha.*

—*Señora, ¿usted ha oído hablar de los platillos voladores?*

—*Mira con lo que sales. Claro que he oído hablar de los platillos voladores. Los platillos voladores son naves del espacio astral que se asoman a la Tierra de vez en cuando y alumbran todo el planeta con una luz blanca muy luminosa, lo mismo que si uno tira una peseta nueva en el aire por la noche. Además, flotan y giran por unas maniguetas espaciales que llevan los que viven dentro.*

—*¿Usted cree que lleguen a tocar tierra?*

—*Pero Ofelia, ¿en qué mundo tú vives? Platillos ha habido muchos en la Tierra, tocando, amenazando, capturando gentes y dejando unos polvos que luego se vuelven cenizas y huecos en la tierra, como aquel que llegó, ¿no te acuerdas?, al parque de Rancho Boyeros: la gente lo vio y luego él dejó un hueco tremendo cubierto de cenizas en el suelo.*

—*Yo tengo terror.*

—*Yo no porque, total, esta vida de terrícola no es tan buena ni vale tanto la pena. Quisiera yo que vinieran en bandadas a buscarme y me llevasen en el disco ese para otro planeta del universo, Venus, Marte, cualquiera, para poder vivir otras experiencias y mejorar, porque la verdad es que aquí ya no se nos ofrece nada, la gente se devora, se odian, no hay paz, nada. Ayer oí a un imbécil, ayer mismo, decir que no había vida en Marte. Están locos porque quieren saber sin libros, sin investigar. Yo sé que allá viven como aquí, con un ojo en la frente y sin comer ni leer. No pasan trabajo. Todo es alegría, mucha fiesta, despreocupación, paseos. Daría todo lo que tengo por vivir allí, por más que dicen que no hay vegetación y yo amo las plantas.*

—*Señora, yo creo que es demasiado.*

—*No, hija, es que tú no sales de tu cascarón. Hay que soñar. Que si esta vida es todo, si se acaba ahí, buena mierda. Yo al menos no me conformo. Quiero seguir viviendo en Marte, en Venus, donde sea, ¡donde sea!, pero saber que no me voy a quedar para alimentar gusanos.*

❉

Aquello olía a francés, un olor de algo venido de allá. Todas olíamos igual. Era la moda, el gusto por ese olor exótico. Rachel fue siempre muy presumida y muy fina. Ella era la que nos echaba los frascos de perfume arriba.

Era un carácter ligero, que pegaba en el teatro. La única verdadera flapper *de nosotras.*

Aunque haya gente por ahí, que la tiene que haber, que diga que aquello olía a burdel, yo digo que no, nada de burdel, francés puro, de Arpegio.

Las familias decentes estaban representadas en las primeras filas: católicos, masones, almacenistas, adinerados, fatuos y hombres de letras, como había tantos, poetas, periodistas...

«No cabe duda, el señor presidente y el alcalde de nuestra prestigiosa ciudad, no cabe duda, han coincidido en que este nuestro teatro es la representación viva del arte nacional. Lo más legítimo de la escena cubana. La flor y nata, sí, señor. La flor y nata. Muchas gracias.»

Y ya Alhambra estaba invadido de comején. Entre el machadato y los encuerismos, el teatro se fue desmoronando. Las obras habían perdido su gracia. El gobierno imponía un teatro amaestrado —la mordaza en la boca—, cosa que allí no cabía. Las puertas se fueron carcomiendo, los telones se caían podridos, a los camerinos les entraban plagas de cucarachas y ratones y, para acabar de rematar, la marquesina se vino abajo llevándose un trozo de la fachada. Y hubo heridos. Por eso lo cerraron y más nunca volvió a abrirse.

Yo no esperé a que me cayeran las tablas en la cabeza. Me fui antes. Unos meses antes del desplome. Llegaba yo allí, a trabajar, y no era lo mismo ya. Llegaba desencantada. Federico quiso destruirme y me dejó de dar los papeles que a mí me entraban en caja. Quería..., sí, el muy rencoroso quería que yo hiciera las ancianas, las empleadas de plantel —unas mujeres de cuello alto y tiranas—, las galleguitas mofletudas y las dramáticas. Pero como yo he sido siempre una mujer alegre, aquello me sacaba de quicio. El resultado fue que me decepcioné del mundo. Y me largué.

Volví sola varias veces porque yo quería ver el teatro, la gente entrar y salir, las habladurías del público... Me paraba en la esquina de Virtudes, al lado de una casa de empeños que hubo allí, y miraba. Ver desde afuera es distinto. Una se lleva otra impresión. Es como si el teatro fuera una ilusión óptica. Por eso iba tanto. Me ponía ropa de calle, muy raída, y me mezclaba con el público del café de enfrente. La gente decía que yo hacía falta allí, que no era lo mismo el teatro, que yo era el alma y todo eso que dice la gente. Yo iba a despedirme. Me gusta, cuando abandono algo, dejo a alguien o me voy de un lugar, verlo bien para llevármelo grabado en la memoria. Así hice con el Alhambra. Si no lo hubiera hecho estaría muriéndome ahora.

Una noche decidí no ir más, ni ver al público, ni nada. Al otro día por la mañana fue que lloré un poco, pero me sobrepuse y ya.

Principiaba entonces la época del cine en Cuba. Hice mis intentos por entrar, pero eran tantas las víboras que lo dejé a la suerte.

Ya conocía yo a un fiscal de Matanzas, muy adine-
rado, que me venía insistiendo:

—Deja el teatro, que yo te voy a pasar una mensuali-
dad de mil quinientos pesos.

Estuve recibiendo ese dinero varios años. Mil quinientos pesos, sin trabajar, en mi casa, y con el recuerdo
de mi público y mi fama. ¿Qué más le iba yo a pedir a
la vida? Hice lo que me vino en ganas. Ahora era yo
sola, en mi mundo de hogar, con mamá y mi amigo.

Compré siete casas de dos plantas en La Habana y las
alquilé. En una de ellas trabajaron algunas pollitas recién llegadas del campo. Tenía un bar y una matrona
que se encargaba de recibir a los hombres. Eso me ase-
guró el futuro. Mi marido no se enteró nunca de ese
asunto. Era una cosa oficial mía, no pública, y yo pre-
ferí no decirle nada nunca. Él era un hombre bueno,
tenía su neura, pero no me acorralaba. Fui gorrión por
primera vez. Libre en mi casa. El sueño de mi vida. Libre
para mis actos y sin compromisos profesionales.

Al cabo de los meses salió en la prensa el anuncio de
la demolición de Alhambra. Ahí se iba mi vida, más
de veinte años dedicados al teatro, mis mejores años.

Luego empezaron a venir los periodistas a mi casa,
como vienen todavía, y me preguntan y yo les digo que
no hagan fantasía con aquello, pero ellos dale que dale y
entonces yo me pongo a contar, ¡qué remedio! Para mí el
recuerdo es lo más grande que hay. Una persona sin recuerdos es como un árbol sin hojas, lo mismo. Y yo no
olvido nada, no puedo. Por eso le dejé su cuarto intacto
a mamá. Paso por allí y me parece estarla viendo acos-
tada. Y no, está muerta, yo sé, pero para mí, vive. Mamá
fue mi faro. La que me enseñó el camino. Hizo de mí una

artista con una carrera decente. Lo logró por su temple y eso hay que agradecerlo. Para mí, mamá vive en ese cuarto y en su bóveda del cementerio, como Adolfo. Ellos siguen conmigo aunque no tengan materia ya.

Yo he hecho la prueba: «Mamá, mamá», y siento una brisa fresquita en la cabeza. Esa es mi madre. Con Adolfo lo mismo. Le digo: «Adolfo, Adolfo, mi hermano», así, en susurro, y es la misma brisa. Entonces, ¿cómo no voy a creer que están a mi lado? Lo creo y lo siento.

Nunca he llorado por ellos. Como fue lo que más quise no me sale el llanto. Voy casi todos los martes al cementerio porque un martes murió mamá y otro martes Adolfo. Les llevo flores. Rezo unas cuantas horas y me quedo tranquila allí, en la tumba de los dos, porque están juntos. Adolfo abajo y mamá arriba.

He tenido que comprar un toldo para que no me dé el sol de las doce. El toldo y unas tijeras de jardinero para no coger las lluvias de repente. Cuando veo el cielo nublado —esas nubes cargadas— abro las tijeras y corto la corriente. Entonces no llueve. Eso también lo aprendí de mi madre, probecita, que está allá abajo esperándome. Pero yo sé que me queda mucho que andar todavía.

A veces digo: «Envíate, envíate tú misma», pero nada. La muerte no viene así. Ella es espontánea. Viene cuando le parece. Yo quisiera irme con música. Morir alegre. Total, nunca fui dramática. Quisiera acostarme una noche, poner un vals y dormirme plácidamente.

Le he dicho a Ofelia que si muero así me maquille bien, me ponga linda y me coloque un espejo en el pecho. Un espejo para verme la cara. Ese es mi sueño. Quisiera que mi público me recordara tal y como fui. Pero Ofelia no me hace caso. Ella se pasa la vida diciéndome: «Señora, usted se va a llevar a medio mundo por delante». Y yo estoy por creerlo, porque me siento llena de vida todavía.

¿Volver al teatro? Eso no. Pero vivir, lo que se llama vivir, eso sí.

Yo no estoy preparada para la muerte.

«No conozco calle más viviente —en el exacto sentido de la palabra— que la calle habanera. En la calle habanera se crea una vida nueva cada día.»
ALEJO CARPENTIER

Desde LIBROS DEL ASTEROIDE queremos agradecerle el tiempo que ha dedicado a la lectura de *Canción de Rachel*. Esperamos que el libro le haya gustado y le animamos a que, si así ha sido, lo recomiende a otro lector.

Al final de este volumen nos permitimos proponerle otros títulos de nuestra colección.

Queremos animarle también a que nos visite en www.librosdelasteroide.com y en Facebook, donde encontrará información completa y detallada sobre todas nuestras publicaciones y podrá ponerse en contacto con nosotros para hacernos llegar sus opiniones y sugerencias.
Le esperamos.

«Tiene tres elementos que es raro encontrar juntos
con un nivel de calidad tan elevado: una fantástica
ambientación, una buena documentación y una
historia absorbente.»
José Luis Ibáñez *(Julia en la Onda, Onda Cero)*

«Absorbente y con una trama sorprendentemente rica en
niveles de lectura (...) llena de imágenes deslumbrantes
(...) Kushner ha construido una historia que perdurará
como el aroma de un decadente perfume colonial.»
Susann Cokal *(The New York Times Book Review)*

«Una novela deslumbrante (...) Un libro que funciona
como una fluida y reveladora sinfonía.»
Michael Upchurch *(The Seattle Times)*

«Un clásico de la novela de aprendizaje latinoamericana que conjugó como ninguna otra la crudeza de la situación social del continente con la ingenuidad, el lirismo y la ternura de la infancia.»
Matías Néspolo (*El Mundo*)

«Recomiendo a todos la lectura de este libro de Vasconcelos, cuya obra está exigiendo un serio estudio, pues es uno de los más espléndidos narradores que ha dado Brasil.»
Antonio Olinto (de la Academia Brasileña de Letras)

«*Mi planta de naranja lima* es un documento social y un estudio psicológico que suena como una canción y donde hay una realidad intensa y por eso también ternura y amor.»
Euclides Marques Andrade

49 No se lo digas a Alfred, **Nancy Mitford**
50 Las grandes familias, **Maurice Druon**
51 Todos los colores del sol y de la noche, **Lenka Reinerová**
52 La lira de Orfeo, **Robertson Davies**
53 Cuatro hermanas, **Jetta Carleton**
54 Retratos de Will, **Ann Beattie**
55 Ángulo de reposo, **Wallace Stegner**
56 El hombre, un lobo para el hombre, **Janusz Bardach**
57 Trilogía de Deptford, **Robertson Davies**
58 Calle de la Estación, 120, **Léo Malet**
59 Las almas juzgadas, **Miklós Bánffy**
60 El gran mundo, **David Malouf**
61 Lejos de Toledo, **Angel Wagenstein**
62 Jernigan, **David Gates**
63 La agonía de Francia, **Manuel Chaves Nogales**
64 Diario de un ama de casa desquiciada, **Sue Kaufman**
65 Un año en el altiplano, **Emilio Lussu**
66 La caída de los cuerpos, **Maurice Druon**
67 El río de la vida, **Norman Maclean**
68 El reino dividido, **Miklós Bánffy**
69 El rector de Justin, **Louis Auchincloss**
70 El infierno de los jemeres rojos, **Denise Affonço**
71 Roscoe, negocios de amor y guerra, **William Kennedy**
72 El pájaro espectador, **Wallace Stegner**
73 La bandera invisible, **Peter Bamm**
74 Cita en los infiernos, **Maurice Druon**
75 Tren a Pakistán, **Khushwant Singh**
76 A merced de la tempestad, **Robertson Davies**
77 Ratas de Montsouris, **Léo Malet**
78 Un matrimonio feliz, **Rafael Yglesias**
79 El frente ruso, **Jean-Claude Lalumière**
80 Télex desde Cuba, **Rachel Kushner**
81 A sangre y fuego, **Manuel Chaves Nogales**
82 Una temporada para silbar, **Ivan Doig**
83 Mi abuelo llegó esquiando, **Daniel Katz**
84 Mi planta de naranja lima, **José Mauro de Vasconcelos**
85 Los amigos de Eddie Coyle, **George V. Higgin**
86 Martin Dressler. Historia de un soñador americano,
   Steven Millhauser
87 Cristianos, **Jean Rolin**
88 Las crónicas de la señorita Hempel, **Sarah Shun-lien Bynum**